9 Voices, 9 Values

9 Voices, 9 Values

Written by
Yuna Seo
Subin Oh
Sojin Kim
Sojin Park
Minhee Kim
Suyoung Jang
Gyuseong Lee
YeongEon Kim
SungYong Kim

&

Edited by Ludia Lee

Editor's Note

"9 Voices, 9 Values" is a collection of narratives by nine writers, each centered on an important value in their lives. They weave their stories, sometimes subtly and sometimes boldly, around their core life values of challenge, embracing, choice, willpower, friendship, happiness, self-reflection, and responsibility.

I met these individuals through an English class as they were preparing for the significant turning point of either starting their first job or transitioning in their careers. At a time when their future plans could have easily taken precedence, they chose to step back, reflect on themselves, and willingly share their sincere stories, which helped complete this book. I would like to express my heartfelt thanks to Bailey, Sarah, Adam, Steven, Luke, Luna, Evelyn, Richard, and Noah. (And Bomi and Song as well!)

Combining nine distinct narratives into one bilingual book was not easy, but it was a precious time of mutual contemplation, empathy, and learning. I also extend my deepest gratitude to my long-time colleague, Mr. David Kim, for his unwavering support and assistance on this project, as always.

Lastly, I would like to thank you, the readers. Although the prose may not be the most elegant, I hope the diverse voices of these nine authors, each with their unique personality, bring small inspirations and resonance to your lives.

Summer 2024
Ludia Lee

About the Editor

After graduating from Washington University in St. Louis, USA, Ludia Lee has been teaching English in Seoul and working as an English voice narrator. Following the publication of her own English children's book "Flora and the Rainbow Flower" and her student's English novel "Home of Blue," she has been helping more students write their own English books as a way to deeply engage in language learning.

E-mail: ludiaeng@naver.com
Blog: blog.naver.com/ludiaeng

Contents

People Who Inspired Me

Yuna Seo

Yuna Seo

More to achieve than achieved.

Email: sally1513@naver.com

In the past, to me, "new challenge" meant perfect preparation. This perception made challenges feel like daunting tasks that I wanted to avoid. However, among the numerous places that I've been and the countless faces I've encountered in my life, a few moments stand out that transformed my values regarding challenges.

1. The Guitar Man

It was a hot summer night, long after the sun had set, and my friend and I were sitting at the top of the outside stairs of the express bus terminal, chatting idly. Meanwhile, at the bottom of the stairs, a man was playing an acoustic guitar. We continued our conversation with his performance as the background. Lost in our talk, we didn't notice when the music stopped. Suddenly, the guitarist, who had been below, approached us with his guitar and asked.

"Can you hear my playing from up here?"

His abrupt question, along with the sight of him carrying a guitar late at night, made us wary. However, we responded positively and began a conversation. He shared a heartwarming story about how he had traveled all the way from Jeollanam-do to the heart of Seoul with his guitar.

He was just an ordinary office worker. He did not come to Seoul with his guitar because of exceptional talent or a demand for his performance. Simply out of love for the guitar, he wanted to spend his precious weekend sharing his music with others. He admitted that he wasn't particularly skilled, but he loved playing the guitar so much that he started a small YouTube channel where he posted his performances. Encouraging comments from anonymous viewers, even though his playing was nothing special, gave him the courage to continue.

Despite his claims of not being an expert, his willingness to listen to his inner voice and give his best, however imperfect, was a refreshing revelation for me. From him, I learned the importance of embracing new challenges without fear.

2. The Antique Shop in the Market

In the heart of Daejeon's central market, amidst the chaotic hustle and bustle filled with all sorts of vegetables, fruits, and seafood, there was a store that stood out. Holding the intricate European-style metal handle on a wooden door, I entered the shop. Inside, it was a treasure trove filled with dozens of tea-cups, antiques, and lace fabrics. The shop owner, with a curious look, asked if there was anything I needed. As a young traveler who knew nothing about antique items, I was overwhelmed with curiosity by the unfamiliar objects. One item in particular, a frame adorned with flowers, caught my eye immediately. I pointed to it and asked about its purpose and origin. Despite the potential for annoyance, the shop owner kindly explained its features and history to me over a warm cup of coffee.

The frame, with a round gold edge and a bouquet of dried flowers preserved forever, was an antique from France that she had worked hard to acquire. As she began explaining the frame, I could feel her deep affection for the items in the store and how precious this shop was to her. She said that she started collecting antiques as a hobby while raising her two sons. Once both sons became independent, she pondered her future and de-cided to fulfill her long-held dream of running an antique shop. Although it's an oddly placed shop in the market, the occasional visits from antique enthusiasts and the curious customers like me make her not regret her new challenge.

Sometimes, people surprise you regardless of their age. The

undying spirit of challenge from the antique shop owner, who was over sixty, left me feeling ashamed. She taught me the courage to expand my life, embrace uncertainties, and face new challenges with joy and determination.

*

From the moment I became aware of my sense of self, the conservative and outdated environment felt like it was gripping and confining me. I always thought that excelling at something would allow me to escape and thrive. Then I met the people I mentioned above. I often wondered what my life would have been like if our paths had never crossed. Perhaps I would never have known the yearning for a challenging life, instead blaming my surroundings. Now, I realize that nothing can be achieved in a predictable, safe zone. Even if it's not perfect, the courage to face the risks of failure and the swamp of uncertainty will shape my future life.

Life is a process of facing large and small challenges every day, sometimes rejoicing and sometimes shrinking back in the ebb and flow of joy and sorrow. If you, like me, are hesitating in front of a new challenge, I sincerely hope you find courage in the stories shared above. I also express my deep gratitude to those who generously shared their inspiring life stories.

Expanding My Umbrella

Sojin Kim

Sojin Kim

Hope and Truth.
Living life with full humanity charged.
I don't know who you are, but I like you…S2

LinkedIn: linkedin.com/in/flexiblekim

During my time studying in Beijing, I lived in a small two-room dormitory on campus. The first couple of weeks were incredibly tough — I cried every night due to homesickness. I tried to hide my tears because I didn't want to worry my mom. Nevertheless, I desperately wanted to go back home and searched for plane tickets every day.

Even though I was a student taking classes at the school during my exchange program and had legitimate access to the library, cafeteria, and all other school facilities, I couldn't shake the feeling that I was just a guest. It felt as though I was pretending to be a student there. My student ID had an expiration date on it, much like the expiration date on a milk carton, indicating that I was only a temporary student. This made it difficult for me to fully enjoy my once-in-a-lifetime exchange student experience, despite being at a prestigious school with excellent opportunities. I constantly felt out of place.

Unable to bear it any longer, I registered at a Korean church in the Wudaokou area of Beijing. The thought that no one was looking for me was pushing me to brink of insanity. I desperately needed a community that would spend time with me and provide me with enthusiastic support. Back in Korea, I was always the kid who was involved in everything, taking on leadership roles in every group, and leading others around in schools and churches.

But here, I was completely alone, feeling like an outsider. I had never imagined or experienced a world where I was not the center of attention, so it was hard to accept.

In the university department of the Korean church, there was a program called the "Campus Gathering," which brought together friends from the same school into small groups that met weekly for fellowship. I was assigned to the Peking University campus gathering, where I met Hyun-Jae, the group's leader.

Hyun-Jae was four years older than me, and she warmly welcomed everyone who came to the campus gathering with a bright smile. She seemed to be the polar opposite of someone who is shy around new people. She approached newcomers with familiarity and introduced them to the campus gathering. Natu-rally, I also became a recipient of her care. Just three days after meeting me, she suggested we go for a dawn drive. Even with my nearly 90% extroverted(E) personality according to my MBTI results, I found her suggestion surprising. Nevertheless, my love for spontaneity led me to agree. After making the plan, I thought she might cancel this impulsive idea and didn't think much of it. To my surprise, the next morning at 4 a.m., she came to pick me up with her motorcycle just as promised.

Such similar episodes kept happening between Hyun-Jae and me. Being well-versed in the local geography and culture, she always pulled me out of my hesitation and took me everywhere, blowing my mind. Having studied there for four years, she introduced me to nearly everyone she knew. Thanks to her, whom I met just a few weeks earlier, I seamlessly adapted to Beijing in no time.

Beyond helping me make friends and showing me around the best restaurants and famous spots, Hyun-Jae played a pivotal role in increasing my satisfaction with my life in China and my desire to extend my stay. She guided me through various language programs offered by the school and assisted me in extending my study period for another semester. Thus, thanks to her valuable support and information, I ended up staying in China for a whole year instead of just one semester as initially planned.

This is how Hyun-Jae significantly influenced and helped me. However, she had a small drawback: her boundless affection was a luxury only enjoyed by those she 'chose.' Among the friends she introduced, there was a student named Ji-Hye. Although Ji-Hye, Hyun-Jae, and I attended the same campus gathering, Ji-Hye was quite different from Hyun-Jae. Their communication styles, personalities, interests, and values were incompatible. The truth is, I was able to become close with Hyun-Jae so quickly not because she was as merciful as the Virgin Mary, but because our temperaments were similar, and I was lucky enough to be included in her special group. (Of course, Hyun-Jae is a very kind and good person.)

One day, Ji-Hye said to Hyun-Jae, "You have excellent leadership, which is truly admirable. However, it's like an umbrella on a rainy day. Those under your umbrella can stay dry and safe from the rain, but those outside it are left unprotected and drenched." Hyun-Jae told me about this conversation, saying Ji-Hye had insightfully shared it with her.

Honestly, I was very shocked. Ji-Hye's analogy hit the mark, and it made me realize my own complicity as someone who benefited from being under that umbrella. I wasn't entirely unaware; I had chosen to turn a blind eye because I was enjoying those benefits. I was also amazed by Ji-Hye's insight and impressed that Hyun-Jae confided in me about something that could reflect poorly on her. If it were me, I would have preferred to maintain a good image and avoid sharing anything that might highlight my flaws.

This conversation between Ji-Hye and Hyun-Jae made me reflect on whether I, too, was using a seemingly good umbrella while letting others get wet. Sure enough, my umbrella (leadership) was just smaller compared to Hyun-Jae's. I recalled the faces of many people who wanted to be under my umbrella but were not allowed in the end. I felt ashamed of having prided myself on my leadership qualities.

Hyun-Jae and I, with our bright and confident personalities, had always been welcomed and prominent wherever we went. However, we had never considered or understood the perspective or feelings of those on the opposite side. We didn't think about inviting them into our circle.

Though Hyun-Jae and I had exceptional social skills and the ability to lead, we also had a selfish side that set boundaries, distinguishing between those under the umbrella and those outside it. This created an element of unfairness. Our selfishness undoubtedly made those outside the umbrella feel lonely and excluded. I disliked this aspect of myself and wanted to change, convinced that true leadership encompasses both empathy and fairness. Thus, I resolved to either infinitely expand my umbrella and invite everyone to join or fold it up altogether and laugh in the rain with all.

Sadly, even now, as I write this, I still have a tendency to prioritize myself and my group. When I gain something good, I tend to remain silent or secretly enjoy it rather than sharing it immediately. However, my belief that truly embracing many people is the highest and most admirable goal remains unchanged. I continue to pursue this direction, wrestling with my inclination to do otherwise, striving to be inclusive throughout my life.

In fact, I always believed that I was enough for my world. In my life, I naturally saw myself as the main character, with others playing supporting roles to highlight me, without considering them individually important. While I appreciated and enjoyed their company, I believed their value was in supporting me, stemming from the belief that I was already perfect and complete on my own.

As my experience in China demonstrated, this thinking was flawed. Life doesn't always place you in situations where you feel confident and advantaged. Sometimes, you find yourself in unfamiliar environments, helplessly waiting for others' assistance.

Unexpectedly, the presence of others can significantly alter your path or direction, profoundly influencing your values or life perspectives.

People are inherently social beings. Just like how I desperately sought to form a community, we need each other. This applies to everyone. Looking around, there are undoubtedly people who desperately need someone. By reaching out and being there for them, we can change their lives. Of course, in turn, our lives will also change because of them.

While writing this, I reached out to Hyun-Jae after a long time and asked, "Do you remember the umbrella story Ji-Hye told you?"

"Yes, I do."

"Can you share the current status of the umbrella?"

"I'm still using it. But it has turned into a parasol."

Hamburger, Pizza, and Choice

SungYong Kim

SungYong Kim

Born in 1991, in Eungyo Village, Iseo Township, Wanju County, Jeollabuk Province. The 32nd descendant of the Soyoongong group of the Buan Kim clan. Known by the Dharma name Moosang, Baptismal name Cecilia, and English name Adam.

Have you ever heard of the saying, "Life is a choice between birth and death"? This clever play on the letters BCD was once popular as an internet meme. Its catchy wording certainly helped it gain traction, but at its core, it reflects the profound impact that 'choices' have on our lives. I can clearly remember specific moments when my decisions deeply influenced my life's direction. I can't presume what these experiences might mean to you, yet I invite you to consider them with an open mind.

It was the year 2005, a time when Korea was still captivated by having its national soccer team reaching the semifinals in the previous World Cup and engaged in intense territorial disputes with Japan over Dokdo. As the new millennium began, the world was undergoing rapid change, with globalization through the internet revolution and the international community emerging as the main keywords, and everyone was dreaming of a new world. As a student at the time, I felt the need for a special turning point in my life, and I chose a homestay in the UK to achieve it. Perhaps, choosing the UK — a distant, exotic, and English-speaking country — was almost inevitable. Back then, I was a little younger, more energetic, and more passionate than I am now. I believed in the saying, "The early bird catches the worm," and I did not hesitate to take new paths and meet new people. The 'not-quite-English charming prince,' the 'noble Englishman with a stylish gentleman's hat,' and the 'cheeky little kid on a skateboard' I encountered at the time are still beautifully etched in my memory. Then one day, that special event came without any sign or warning.

That day, the weather was not bad for London, there were no black cats wandering around me, and no flower pots broke in front of me. However, I was feeling a bit nervous because, as mentioned earlier, my passion had led me to exhaust all the plans for that day. Various options came to mind as solutions, but eventually, it narrowed down to three: roaming freely, going home early to continue watching 'The Lord of the Rings' from yesterday, and advancing the plans for the next day by a day. It was quite a dilemma for me at the time, so I sat at London station for a while, contemplating the time required for each option. Finally, I chose the third option. The plan for the next day was to visit the outskirts of London, so I went to the ticket office to buy tickets and waited. Suddenly, an incredibly enticing aroma wafted in. It was the smell of a very greasy hamburger, and at that moment, the scent of McDonald's hamburger became irresistible for me, especially after being exhausted by the bland British cuisine. However, ordering a hamburger would take at least 30 minutes, and there was only 10 minutes left until the next underground arrived. It was a moment of decision, and the dilemma wasn't long. In the end, I couldn't resist the temptation of the hamburger and ended up missing the underground. So, what does this story ultimately mean? Is it a story of regret fully wasting a fee by failing to resist temptation? Is it a moral tale like those in the Talmud about not succumbing to various temptations and always making the right choices? Not at all! This story has an interesting twist.

Having not had a decent meal in a long time, I was fully focused on my hamburger when I suddenly noticed an increased police presence at London Station. The police officers, whose physiques made me wonder if they could catch a criminal by running, looked very serious. Out of curiosity, I asked a few questions. Luckily, with my youthful middle-schooler appearance, I was not viewed with suspicion and received kind answers. The police told me that the subway I was about to take had experienced an explosion due to a terrorist attack, and they were currently searching for the suspect. At the time, not having witnessed the incident with my own eyes, I was simply downcast about not being able to take the subway and continued eating my hamburger. However, through subsequent phone calls from my family, I began to grasp the gravity of the situation. I realized that had I taken that subway, I could have possibly been killed. Ultimately, I had chosen a hamburger over the thin line between life and death, and that hamburger had saved my life. Therefore, I still love Quarter Pounder cheeseburgers with all my heart!

This time, it's a story that any Korean man might relate to, specifically about military service. When I had just entered college, I was deeply into machismo. I believed that every man should naturally serve in the military, so I immediately volunteered for enlistment. However, the outcome was not what I expected. As a freshman enjoying the rights to binge drink and eat to the fullest after graduation, I received a level 4 physical examination due to being overweight. In fact, I was so overweight that gaining just about 10 more kilograms could have exempted me from military service. At that time, exemption was a significantly attractive option, unlike being in the reserves, given the societal views and the situation of the era. Gaining 10 kilograms could have been very easy for me; it would only take lying down and eating a few pizzas. However, being a man of principle who couldn't go back on my word, I decided to lose weight. After strenuous efforts, I lost about 20 kilograms, received a level 3 physical examination result, and enlisted in the military after a tearful farewell with my friends and family at Soyang River. This story doesn't end there, either. Isn't it too cliché to tell a story where hard work and persistence in one's choices lead to success?

Returning to the story, a problem arose during my military service when I was an E-4 Corporal, having fully adapted to military life and gained confidence. Driven by the machismo I couldn't let go of, I always stood at the front and enjoyed showing off my strength. One day, during a heavy-duty tire-lifting contest with my fellow soldiers, I foolishly overexerted myself and ended up herniating a disc in my back. After that, I spent most of my remaining military service lying down. After being discharged, I took a leave of absence from school to spend a lot of time on rehabilitation, and even in my senior year, the disc herniated again, ruining my grades. Through this series of events, I wasted at least two years of my life. When people hear my story, they all ask the same question: do you regret that choice? My answer is always the same: I don't regret it. It was a choice made entirely by me, without any external pressure or coercion, and I am satisfied with the experience that resulted from my decision. At least, I have a heroic tale to boast about at drinking parties. Therefore, I still harbor an intense dislike for pizza!

John 14:6 says, "I am the way." Long ago, when Hannibal Barca attempted to cross the Alps, everyone around him tried to dissuade him. Those who didn't try to stop him, at least, considered him a mad man. When he first reached the base of the Alps, he encountered nothing but dense forests and sheer cliffs. Despite enduring the cold and running out of food, he continued on his path. In the end, he crossed the Alps, and his name was forever etched in history.

We live our lives. Life is always about choices. There are paths to the left and right, and even the way back. But is there a correct answer? Is taking a detour the wrong choice? The period at the end of life is death. In other words, everything before that period is a process. I believe that our lives are more like the journey of a traveler searching for stars on the road than solving problems with right and wrong answers. Even if we get bogged down by immediate pits and thorns, there might be a big nugget of gold in the pit, or we might find a beautiful rose among the thorns. We might fear failure and suffer from wrong choices, but we are still standing on the journey. New opportunities for choice are always open, so one day, a day with a silverlining will come in life. If we confidently take steps until the end, we will all be able to find our own stars someday. Finally, I conclude this writing with a wish for your future to be full of blessings!

My Life Choices Mean No Regret

Gyuseong Lee

Gyuesong Lee

The number that represents me is 96!
When you flip 9 and 6, they take on different meanings.
Life is the same way. How you interpret it is up to you!
You just need to ensure that your choices are right for you,
without regrets.
If we look out for each other, our lives will be truly profound
and meaningful!

Instagram @lgsok96

I can divide the turning points in my life into two major choices: pursuing ice hockey and facing new challenges.

1. Pursuing Ice Hockey

In the sixth grade, I started playing ice hockey due to my mother's semi-compulsive encouragement. Her reasoning was that playing ice hockey would improve my chances of getting into college. At that time, one of my close friends was also playing ice hockey, which naturally piqued my interest. However, in the fourth grade, I was shocked to see my friend's thigh covered in bruises while we were on a bus to a ski camp. Although corporal punishment was somewhat tolerated back then, it was the first time I had witnessed such severe bruises.

When I first arrived at the rink, the coach was kinder than the rumors had suggested. However, once I became a player, the intense training and corporal punishment began, leaving my helmet constantly dented. It was a tough time, but I endured it for the sake of college admission. Watching college students play in front of large crowds, fiercely competing and receiving cheers, gave me a clear goal: "I will also play on that stage!"

In middle school and high school, the intense training continued. My days were packed with ground training and ice training after school, followed by private lessons at night. Despite the demanding schedule, my pride and confidence in the sport grew. During high school, I gained valuable experience on the youth national team, bringing me closer to achieving my goal.

However, during my senior year, just before applying to college, the coach pulled me aside and told me that I should give up on my hopes of entering college through hockey. I couldn't believe it. Even worse, I didn't want to believe it. I thought that if I did my best in what I was given, I would achieve my goal, but reality was different. Friends with relatively lower skills got into the schools I aimed for, so we even suspected corruption. The colleges, however, cited poor team performance as the reason. My parents said that life often doesn't go as planned and that luck is as important as skill, but those words didn't resonate with me at the time. They advised me to consider options beyond sports, but the thought of quitting left me feeling lost and uncertain about my future.

In the end, I attended a college I hadn't originally intended to. However, the coach believed in me, and the seniors helped me adjust easily. Unfortunately, I injured my knee ligament during practice just before the first tournament, which rendered me unable to participate. I also failed to make the under-20 national team. Nevertheless, I continued to work hard, determined to give my best until graduation. In my senior year, I was appointed captain, which brought both a sense of responsibility and pressure. Our team's performance in the league was decent, but I didn't score any goals, which hurt my confidence and left me deeply introspective. My family knew about the situation, and we had many emotional discussions together. Sharing my feelings with them gave me a renewed determination to improve. Eventually, I scored and finished the league with the best performance of my college ice hockey career.

Towards the end of my senior year, as graduation approached, a professional team announced a public tryout for graduates. Most of my peers, still passionate about hockey, applied, and so did I. However, the tryout coincided with our last game, forcing us to choose between the two. Opinions were divided among my peers:

half believed I should attend the professional team tryout for the sake of my future, while the other half thought I should play in what could be my last game. Everyone invested in what they thought was most important. As the team captain, I decided to play in the final game, convinced that if the team lost, there wouldn't be another chance.

I remember that the game day was our graduation day, and it snowed heavily. We celebrated our graduation with snow falling around us and then parted ways to pursue our individual goals. A few of my peers and I travelled to Gangneung for a game. After a hard-fought battle, we emerged victorious. The peers who went for the tryout also congratulated us on our win. Of course, for the final match, all my peers participated, and we approached what could be our last game with no regrets. Rather than feeling nervous, we decided to relish our final stage together, knowing it would never come again. This strengthened our resolve and enthusiasm as a team.

Our opponent was the season's league champion, making it a formidable match. By mid-game, we were down 1-0, but we created a good chance in the center and equalized, and shortly after, we took the lead. However, our opponents were a team capable of equalizing or overtaking us at any moment, so we couldn't let our guard down. Our goalkeeper made crucial saves right up to the final whistle. Despite the relentless pressure from our opponents, we maintained our lead and secured our first victory in over 20 years, clinching the championship. After the win, I felt an immense sense of accomplishment and pride in achieving my goal of a memorable graduation. It was a special experience, as if I had started playing hockey for this very moment.

Afterward, two of my peers passed the tryouts and joined a professional team, but I didn't make it, ending my career as a player after graduation. With the good times behind me, realistic opportunities seemed scarce. Most of my peers and seniors became hockey coaches, so I also started with what I knew I could do best. I taught hockey to kids and gave physical education classes at kindergartens. However, when I envisioned my future, I still saw myself as a hockey player. This made me feel unsatisfied with my coaching work. I realized I needed skills beyond athletics.

2. Facing New Challenges

I had always been fascinated by my father's work in the trade industry, which naturally sparked my own interest in the field. Eager to gain a professional understanding of one of our country's major industries, I enrolled in the Graduate School of International Commerce. My advisor, recognizing the achievements and the challenging spirit I had demonstrated as a team captain, often remarked that someone who has succeeded in one field has a high chance of succeeding in another. His encouragement was pivotal, and he offered invaluable advice and support beyond academics.

In my first semester, I participated in a research project with the professors. Despite my lack of basic Excel and document work skills, I received extensive help and advice from the professors and teaching assistants. During the project period, I gained valuable experiences in administrative management and finance. Additionally, I simultaneously took on multiple roles, including working as a teaching assistant, attending classes, and giving ice hockey lessons. Although I questioned whether this new path was the right one for me, my advisor's words, "Whether you do it or not, you will regret it, so you might as well do it" deeply resonated with me. Thanks to the help of those around me, I successfully completed the project and my graduate studies, which gave me the confidence that I could accomplish anything.

After my military service, while helping my father with his work, I realized that I lacked practical knowledge and basic skills in trade. To address this, I enrolled in the Trade Academy's

Trade Master program, obtained an International Trade Specialist certification, and improved my language skills. As I contemplated my career path, a new opportunity emerged: my girlfriend was returning to France, and I considered joining her there. Our relationship is serious, and I have always wanted to live abroad someday, so this decision is significant for me. By the end of this year, I will either move to France to start a new life or stay in Korea to continue working in trade. Regardless of my choice, I will have no regrets.

Some might wonder if I have any regrets about giving up my lifelong passion for ice hockey to pursue a new path, but I have none. I achieved my goals in hockey and am confident that I can channel 100% of my passion into something else. The path I choose and create for myself is the right one, so there are no regrets. I truly believe that "no regret" depends on one's mindset.

Words From My Father

Subin Oh

Subin Oh

Bring it on, tough world!

Instagram @subin1347

People innately know how to improve and be successful. However, it requires significant effort, discomfort, and immense patience. Why are people addicted to motivational videos and envious of successful individuals? It is likely because those portrayed in the media have achieved things most people have not. We typically see only their glamorous side, overlooking the relentless effort and persistence behind the scenes.

"It's the weekend, so I'll start tomorrow. I'll start dieting tomorrow, so I'll eat whatever I want today." These are phrases many of us, including myself, frequently use. Such excuses delay change and disrupt consistency. However, it is genuinely difficult to take action. Despite making resolutions, we often succumb to small temptations and fatigue. For these reasons, we must continue to persist in our personal battles and strive for self-discipline.

During my school years, I had a friend who was exceptionally fit and envied by many. When I asked him abouthis secret, he casually replied, "Exercise!" He pointed out that many people spend time searching for workout methods and diets instead of actually exercising. His words seemed to target me, as I often found myself lying in bed, searching for fitness videos and chicken breast recipes instead of taking action and exercising.

I thought he had a special secret. However, his secret was simply consistency and taking action. While I was being lazy, he never missed a workout and regularly invested time, gradually achieving a better physique. Listening to his story made me feel both ashamed and motivated. However, as usual, my resolve didn't last long. For a few days, I tried to follow his example, exercising daily, but eventually, I started making excuses: "I have too much to study today, no time for exercise," or "I'll start again tomorrow." These thoughts took over, and I ended up giving up on exercising, returning to my lazy habits.

I realized how challenging it was to maintain consistency and diligence in life, and I still struggled to put it into practice. I was disappointed in myself for knowing the importance of continuous effort but failing to implement it. Observing how easily I gave up made me reflect on what could fundamentally transform me. Then, one day, a promise with my father changed everything.

Humans inevitably face separation and death. On the day my grandfather became critically ill, my father was searching for a suitable place for his rest. During this hectic time, my mother's phone rang. It was my uncle, urgently shouting, "There's a big fire at your workplace!" My father's business had caught fire due to a short circuit. The moment we heard the news, everyone froze. A week before the fire, our usually calm dog, Kkamdol, had started acting strangely. He eventually broke free from his leash and ran away as if he had sensed something and wanted to warn us. That evening felt very long.

After the fire was contained with the help of many fire-fighters, we held my grandfather's funeral, amidst the burnt re-mains of the business. Family and friends gathered to honor his life, sharing stories and comforting each other in their grief. For the first time in my life, I saw my father cry. He seemed engulfed by the sorrow of losing his father and the despair of losing his hard-earned business. Watching him, I felt a depth of emotions I had never experienced before.

On the way back home from the funeral, my father drove in silence for a long time. Then, suddenly, he turned to me and said, "I have always been the best at whatever I do, and I will continue to strive for excellence. So, you should work hard and do your best in everything."

At that moment, I realized the weight my father was bearing. His effort to support me even in such a difficult situation moved me deeply. The thought of giving up on my studies and certifications felt incredibly foolish. His words resonated deeply within me, inspiring me to commit to doing my best in everything, a simple yet often neglected resolve. That day, my father's words set a new direction for my life.

Since that day, I focused on my studies with renewed willpower. Whenever I faced difficult and discouraging moments, I recalled my father's words and found strength. Unlike before, I chose planning and action over doubt and hesitation. Proving that effort never betrays, I achieved my goals by earning certifications and graduating as valedictorian. I proudly showed my father the results of my hard work and, for the first time, experienced the sweet taste of accomplishment from winning the battle against myself.

Now, I no longer give up easily. Knowing the fulfillment and pride that come from diligence, I strive to live a life of consistent effort, regardless of the challenges. Even though I am not inherently perfect, if someone says, "I can't do it," before even trying, I would confidently reply, "Even someone as imperfect as I am has achieved success, so go ahead and experience how valuable the sense of accomplishment from their own efforts can be."

Of course, many challenges will continue to arise in life. The old me would have viewed these with fear, but now, I look forward to overcoming them. I know this is the path to self-improvement and achieving my goals. I will continue to challenge myself and strive towards my goals without settling for the present. Living once, I aim to create a life with no regrets.

Cherished Moments
from Cherished People

Sojin Park

Sojin Park

A person who believes that moments with cherished people fill
a life fully. That would be you if you read this story and think,
"Is this my story?" :)
I'm grateful that you have become a part of my life. Thank you!

Instagram: @sjnee_ee

Friends are the family we choose as we go through life. They are the people who share in our successes and struggles, encourage us when times are tough, and help us see who we really are. With shared joys, sorrows, and constant support, friendships create a sense of belonging that enriches the very essence of our lives.

Here are some cherished truths about friendship that I hold close to my heart.

Friendship is ⋯

a relationship where silence is embraced and feels natural

understanding each other with just a look

becoming childlike and carefree together

offering each other's soul food every now and then

savoring a beloved dish from a cherished menu one last time
before it disappears, sharing the sadness together

embracing both happiness and anxiety together

feeling as if you are me, and I am you

having a chemistry that is hard to explain

becoming close for no particular reason

feeling like everything is fine as long as you are there for me

accepting each other, flaws and all

understanding me when I hide my tears behind a mask
after a break-up

inspiring me to become a better person

when suggestions like "What are you up to today?"
and "Wanna grab a drink?" flow effortlessly

feeling certain that we'll always be together

trying things I normally wouldn't, simply because you enjoy them

vividly remembering our first trip to Busan at 20,
even 10 years later

feeling suffocated with sadness at the mere thought of
losing you, even in a dream

is never needing to say you're sorry

a relationship beautifully woven from our precious memories.

Finding My Own Happiness

Minhee Kim

Minhee Kim

What makes me:
"Even better," "So what?" "Why bother?"
Bread, and Soybean Noodle Soup.

Instagram @meenee_mong

The most important value in my life is happiness. At a certain point, I realized through conversations that people share their emotions with one another. This insight led me to think, "I want to be someone who positively influences others, spreading happiness." While pondering how to achieve this, I discovered that my own happiness had to come first in order to affect others. After a long period of introspection, I found my way to happiness: aligning with my own standards of what brings me joy.

During my school years, I neither cared about others' feelings nor possessed a positive personality. In fact, I was quite the opposite — blunt and cold. There wasn't a significant event that triggered my decision to change, but I had an epiphany: "People share their emotions with each other. Therefore, even my small feelings will be shared and affect those around me."

I sought a solution for this transformation within my own family. My parents have always been expressive in their own ways. My mother often said things like, "Minhee, thank you for being healthy today," "Thank you for giving me strength, Minhee," and "I feel like I'm receiving such happy outcomes thanks to you, Minhee." Initially, these expressions seemed out of place, but over time, I realized that I can be grateful and happy for even the little things. My father, on the other hand, always called me by affectionate nicknames and never missed giving me a kiss before leaving for work and after coming home. At times, I wondered, "Why is only my dad like this?" However, growing up with his overwhelming love made me realize that such forms of happiness truly exist in the world.

Yet, for someone who was originally indifferent, finding joy in trivial things and expressing happiness verbally felt awkward. I consciously made efforts to say things like, "I'm happy because the weather is nice today!" "The bread I ate today was delicious, so I'm happy!" "I'm just in a good mood today, and that makes me happy!" Over time, these efforts transformed me into someone who appreciates and finds joy in small things. Expressing happiness verbally became a natural part of my "happiness habits."

Looking back, I'm grateful I consciously cultivated these habits when I was younger. Now, in my late twenties in 2024, conversations with friends have become more practical and consequential, resulting in fewer positive and happy discussions. In our early twenties, we talked about cars; in our mid-twenties, relationships and money; and now, in our late twenties, the convertsations revolve around getting married and buying an apartment. These discussions often end with, "Well, that's just reality. What can we do?" While I couldn't offer much help, I frequently encouraged my friends to find their own happiness. For instance, I'd say things like, "Let's not give up without trying. Let's give it a shot," "I've known you for a long time and believe you can do it. I'll support and help you," and "I think this is your strength. And its value can't be bought with money. Trust yourself. I'll believe in you too."

One unexpected aspect of this behavior was that the words of encouragement I offered to others also had a profound impact on me. Sincerely supporting someone else made me want to help them as if their struggles were my own, giving us all the strength to endure. I, too, had moments when I needed encouragement, support, and reasons to hold on.

I believe that everything follows the law of conservation, except for happiness. I simply disregard that rule when it comes to happiness. Happiness is not a task assigned to oneself but rather an emotion to be felt.

Just like everyone else, I know that life cannot be filled with only good things. However, if I can remind myself that "I have been a source of strength and a reliable person for someone," just as I gained unexpected encouragement and reasons to persevere, it would be wonderful. I will continue to positively influence those around me, share happiness, and uphold my standards for feeling happy as I navigate through life.

Ask Yourself Why, and Go Beyond

Suyoung Jang

Suyoung Jang

No, I can't swim. "Suyoung Jang" is my name.
Enjoying happy moments to the fullest, and tackling tough times
with questions and goals is my life approach.

Richard_장수영_张洙荣
Instagram @richeart_jj

During my childhood, I had several opportunities to live abroad. One pivotal experience was attending a summer camp in Canada for two months when I was in the fourth grade. At an age when my personality was still forming, this camp marked a turning point that drastically changed my character. Prior to this experience, I was just a stubborn elementary school student. However, being in Canada, away from my parents, I naturally acquired the essential skills needed to survive and began to pay attention to others' feelings. In retrospect, this newfound aware-ness helped me become a well-liked individual.

In the fifth grade, I spent a year and a half living with a lo-cal family in New Zealand. I still vividly remember the first day. Guided by the director of the study abroad agency, I arrived at my homestay and was warmly welcomed by my host parents. They lacked nothing financially, which allowed me to have a wide range of experiences. I still can't forget the day when we caught a shark in the middle of the ocean, the lovingly prepared lunches my host parents packed for me daily, and the special gravy and medium-rare steak my host grandfather made when we visited him. My host parents treated me like their own child, and I am still grateful for their warmth and generosity.

When I began middle school in Korea, my parents encouraged me to learn Chinese to gain a competitive edge in the emerging Chinese market. Partly driven by their wishes and partly by my own, I enrolled in a study abroad institute in Dalian. Although my parents had always been academically focused, they never pressured me about grades. They valued autonomy and hoped I would realize things and come to fruition on my own. The same applied to studying abroad. They wanted me to experience a broader world, placing less emphasis on my academic performance and more on personal growth. Even so, I diligently learned Chinese, memorizing about 6,000 words during my year in Dalian. Following this, I had the opportunity to attend an international school in Beijing for four years, where I took classes in both English and Chinese. I also engaged in a variety of extracurricular activities such as rock band, orchestra, soccer, and relay races, demonstrating initiative and enjoying a meaningful school life.

Towards the end of what had been a smooth academic journey, a challenge emerged. During my sophomore year in high school, as I prepared to apply to American universities, my family unexpectedly faced financial difficulties. Although my parents didn't show it, I sensed the strain. I knew we could no longer afford my study abroad lifestyle. For some reason, I wasn't disheartened; I accepted it as it was. I had already received so much and found meaning and fulfillment in the thought of being able to help my parents during this difficult time.

The household situation was worse than I had imagined. Just when it seemed we had hit rock bottom, another hardship would strike, plunging us even deeper. Upon returning to Korea, I couldn't proceed to the second year of high school due to unpaid tuition, so I took the Korean equivalent of the GED for both middle and high school. To contribute to the household expenses, I worked part-time day and night. Looking back, I realize I was escaping reality by indulging in the feeling of helping my parents. I neglected my primary duty of studying, letting each day pass by while working part-time jobs. If I had properly prepared for the equivalency exams and accurately assessed my situation, I could have achieved my goal of studying at the university I aspired to attend. This remains my one regret. At that time, I naively believed, "My life will be okay."

During university, my family circumstances gradually improved thanks to my parents' efforts. Although I continued to work factory jobs during vacations to support the family, I regretted that I had only studied the minimum while using part-time work as an excuse during my GED preparations. Determined not to repeat this mistake, I diligently attended my major classes in university, consistently achieved grades of A+ and A. However, as graduation approached, I was gripped by fear of entering the job market, unable to envision a future in my field of study. Without a concrete plan, I decided to pursue graduate studies, leveraging my Chinese skills, and chose finance as my specialization. I vaguely thought that a careerin finance would help me accumulate wealth. However, this decision, made with only superficial consideration, left me with nothing in the end. I found the unfamiliar field challenging and struggled with the effort and patience required to learn it. Eventually, I switched to marketing, which seemed more popular and accessible, but I couldn't adapt to this either.

Throughout my graduate studies, both before and after changing my major, I never took time to reflect on myself. I irresponsibly believed, "My life will be just fine." Was it the result of my negligence? After graduation, I found myself lost, realizing my life had always lacked direction. I had never asked myself, "Why?" In hindsight, I see that I was accustomed to a life where

I had no time or space to ponder such questions. Even when a conversation with an acquaintance led me to decide on a career in trade, I still didn't ask myself, "Why?" Instead, I just wondered, "How can I start in trade as a novice?" and spent three months studying for and passing the relevant certification.

Those three months weren't just about studying. It was a period of introspection where I revisited the question I had never asked myself, "Why?" and reflected on my 30 years of life. I continuously asked myself what I wanted to do, what I needed, and what I should do. Initially, my answers would briefly become clear before quickly fading away. However, I persisted. After repeating this process for a few months, questioning became more comfortable. Now, I consistently reflect on my actions and ponder what I've learned from them. I am still far from perfect, but I believe that moments of struggle are necessary challenges in life.

Everyone has their own hardships. By asking and answering questions about these challenges, I believe we can envision ourselves steadily walking the path we choose to pursue. In the past, I complacently relied on a vague optimism, telling myself, "Everything will be okay," without setting clear goals. This mindset often led me to rationalize my situation and miss opportunities for growth. Now, when faced with difficulties, I strive to confront reality head-on, set goals through self-reflection, and maintain a positive attitude and perspective as I work towards these goals. This approach, I believe, cultivates the confidence needed to overcome challenging situations.

Anyone can drift through life, accepting things as they are. Yet, it is crucial to occasionally look back and reflect on our lives. When I take the time to reinterpret my past experiences, I often have the fascinating experience discovering new perspectives.

2 Years

YeongEon Kim

YeongEon Kim

Same time, different world;
meeting you through this book is truly a blessing.

E-mail: happybuyer153@gmail.com

There was a time when I stayed home for two years straight, completely isolating myself. I didn't venture outside at all, spending my days immersed in playing video games or watching mindless videos. I ignored calls from friends and family and rarely step out of my room. For two whole years, I cut off all communication with the outside world. This is a story about how I ended up wasting away that time.

Since I was young, I had a close relationship with my grandfather. Up until I turned 23, I visited him every weekend. Grandpa always made an effort to look sharp, wearing neat clothes or a suit whenever he saw me and my brother. His kindness and warmth made him a central figure in my life. Unfortunately, he was diagnosed with stage 3 cancer, and because of his age, aggressive treatment wasn't an option. We decided to spend his final days by his side, without surgery.

Grandpa needed help with daily activities because he was having trouble getting around. To support him, I took a leave from university and dedicated myself to assist him with walking, eating, bathing, and other needs. It was tough, but I gave it my all, knowing I'd regret it if I didn't do my best for him.

Spending that time with Grandpa offered us a precious opportunity to share many stories. He recounted his cherished memories of our family and how he had dedicated his life to us. Even now, if I could go back, I wouldn't hesitate to spend that time with him again. But as his health declined, he eventually passed away, leaving a profound void. After his funeral, I needed time to gather my thoughts. Adding to my sorrow, I also had to bid farewell to my beloved dog.

Witnessing my loved ones pass away and confronting death up close made life feel meaningless. I started questioning why people work so hard, compete so fiercely, and live with such greed. After all, we all die in the end, and no one will remember us in 100 or 200 years, in the passage of time.

These thoughts took over and consumed my mind, rendering me unwilling to do anything. I felt an overwhelming sense of futility, which led to profound lethargy. I quit my studies and spent two years shut in my room, neglecting both intellectual pursuits and physical exercise. I stayed up late, woke up late, ate whatever I wanted, and played video games just to pass the time. Despite indulging in whatever I pleased, I found no happiness.

After a while, I realized the root of my unhappiness: a lack of responsibility. A life without any sense of duty or purpose turned out to be truly miserable. Without any rules or structure, I neglected myself, and the emptiness in my life deepened into pervasive pessimism. I despised the aimlessness of my existence and the emptiness of living without dreams. Whenever I saw someone with direction and aspirations, I would compare myself to them, thinking, "Why can't I be like them?" and "Why am I living like this?" These thoughts consumed me, and that's when I started to notice my family.

I realized I had a choice. Amid the pain of losing my grandfather, I could have been a pillar of support for my family. I could have studied harder, gained practical experience, or found a decent job. Instead, I chose defeatism, which accomplished nothing.

This epiphany led me to reflected deeply on my life. I regretted living a life where I only looked for the easy way out and ran away from challenges, succumbing to negativity and excuses.

I believe that problems only get bigger when you avoid taking responsibility for them. Now, to make up for those lost two years, I work and study diligently every day, taking on new challenges. It's tough at times, but I'm grateful to have responsibilities and the ability to face them. I think that tough time has given me a deeper appreciation for the present.

We can't live perfectly. Challenges are inevitable, and sometimes we fail. However, we can strive to redress our failures and take responsibility for them. The key is to keep trying to improve ourselves. Even if the outcomes aren't perfect, we can still make the effort, and that effort is not meaningless. We must challenge ourselves every day.

If you're reading this and going through a tough time, I believe you have the strength to endure it.

가치의 조각들: 아홉 작가의 이야기

가치의 조각들: 아홉 작가의 이야기

서유나 김소진 김성영

이규성 오수빈 박소진

김민희 장수영 김영언

엮은이의 말

'가치의 조각들: 아홉 작가의 이야기'는 9명의 작가가 각기 다른 삶의 중요한 가치를 주제로 한 이야기를 모아 만들어졌습니다. 이들은 도전, 포용, 선택, 의지, 우정, 행복, 자아성찰, 책임감이라는 각자의 핵심 인생 가치에 대해 때로는 소소하게, 때로는 대담하게 자신의 이야기를 풀어냈습니다.

첫 취업, 혹은 재취업이라는 중요한 전환점에서 미래를 준비하던 이들과 저는 영어 수업을 통해 만났습니다. 조급한 마음이 앞설 수 있는 시기에 오히려 한 걸음 멈추어 자신을 돌아보고 진솔한 이야기를 기꺼이 나누어 한 권의 책을 완성하게 해준 Bailey, Sarah, Adam, Steven, Luke, Luna, Evelyn, Richard, Noah에게 감사의 말을 전합니다. (Bomi와 Song도!)

아홉 색깔의 글을 한 곳에 두 언어로 담아내는 작업이 쉽지만은 않았지만, 모두 한 마음으로 고민하고, 공감하며, 많은 것을 배울 수 있었던 소중한 시간이었습니다. 언제나처럼 이번 프로젝트에도 응원과 도움의 손길을 아끼지 않으신 오랜 동료, 데이빗 김 선생님께도 깊은 감사의 인사를 드립니다.

마지막으로, 지금 이 글을 읽고 계신 독자 여러분께도 감사드립니다. 비록 눈길을 사로잡는 유려한 문체는 아닐지라도, 각자의 개성이 다채롭게 묻어난 아홉 작가의 목소리가 여러분의 삶에 작은 영감과 울림을 줄 수 있기를 바랍니다.

2024년 여름
루디아 리

루디아 리

미국 세인트루이스 워싱턴대학교를 졸업한 후, 서울에서 영어를 가르치며 영어 성우로도 활동하고 있다. 직접 쓴 영어 동화책 'Flora and the Rainbow Flower'과 그녀의 학생이 쓴 영어 단편소설 'Home of Blue'를 출판 후 더 많은 수강생이 자신의 영어책 출판을 통해 보다 능동적으로 언어를 공부할 수 있게 돕고 있다.

이메일: ludiaeng@naver.com
블로그: blog.naver.com/ludiaeng

차 례

나를 움직인 사람들

서유나

서유나

이룬 것보다 이뤄야 할 것이 더 많음.

이메일: sally1513@naver.com

과거의 나에게 '새로운 도전'이란 완벽한 준비가 전제였다. 그렇기에 늘 피하고 싶은 어려운 과제처럼 느껴졌다. 하지만 내 삶에 존재했던 수많은 장소와 그에 연루된 수많은 얼굴 중 도전에 대한 나의 가치관을 바꾸어 준 몇몇 순간을 담아보고자 한다.

 1. 기타맨

무더운 여름 늦은 밤, 나와 친구는 고속터미널 외부 계단 꼭대기에 앉아 시답잖은 얘기를 하던 중이었다. 한편, 계단 맨 아래에는 한 남자가 통기타를 연주하고 있었다. 우리는 그의 연주를 배경 삼아 한창 이야기를 나누었다. 언제 노래가 끊겼는지도 모르던 찰나, 저 아래에 있던 남자가 우리가 있는 곳까지 기타를 메고 말을 걸어왔다.

"제 연주 소리가 여기까지 들리나요?"

대뜸 건네는 질문과 한밤중에 기타를 들고 있는 행색이 합쳐져 경계 태세를 감출 수 없었다. 하지만 긍정의 대답으로부터 대화의 물꼬를 터, 그가 어떻게 저 먼 전라남도부터 서울 한복판까지 기타를 메고 왔는지에 대한 이야기를 들었다.

평범한 회사원인 그가 기타를 들고 서울에 온 이유는 기타에 엄청난 소질이 있던 것도, 그의 연주가 필요한 누군가의 부름도 아니었다. 그저 기타에 대한 애정 하나로 회사원의 황금 같은 주말을 내어 사람들에게 자신의 기타 연주를 보여주고 싶었던 것이었다. 그의 말에 따르면, 기타를 잘 치진 못하지만 기타 연주하는 것이 너무 좋아 작게 유튜브를 개설해 연주 영상을 올렸다고 한다. 별 볼 일 없는 그의 기타 연주 영상에 작고 동그란 사진과 무슨 뜻인지도 모를 닉네임의 응원 댓글은 점점 그를 대담해지게 했다고 한다.

아무리 그가 자신의 실력이 수준급은 아니라 말해도 내면의 목소리에 귀를 기울여 어설픈 대로 전력을 다하는 것은 나에게 신선한 충격을 안겨주었다. 스쳐 지나갈 수도 있었을 텐데 걸음을 멈춰준 그를 통해 새로운 도전에 두려워하지 않는 자세를 배울 수 있었다.

2. 시장 엔틱샵

대전의 중앙시장. 갖은 채소, 과일, 수산물로 넘쳐나는 정신없는 시장 통 속에 눈에 띄는 가게가 하나 있었다. 원목으로 꾸며진 간판에 유럽풍의 금속 손잡이가 달린 문고리를 잡고 가게에 들어섰다. 그 안에는 수십 개의 찻잔, 골동품 그리고 레이스 원단으로 가득 차 있었다. 사장님은 의아한 눈빛으로 배낭을 메고 온 나에게 필요한 것이 있는지 물었다. 그도 그럴 것이 나는 엔틱 소품에 대해 무지한 어린 여행객이었을 뿐이었다. 처음 보는 물건들에 호기심이 폭발한 나는 가게에 들어서자마자 눈에 들어왔던 꽃이 들어있는 액자를 가리켰다. 그리고 이 액자는 어떻게 쓰는 물건이며 어디서 온 것인지를 물어보았다. 성가실 수도 있는 나에게 사장님은 따뜻한 커피 한 잔을 내어주며 친절하게 설명해 주셨다. 그 액자는 원형 골드 프레임에 드라이 플라워가 한 아름 들어가 있어 그 상태가 영원히 보존되는 프랑스 엔틱 소품으로 이를 구하기 위해 애쓰셨다고 했다. 액자에 대한 설명을 시작으로 가게에 있는 물건들을 향한 그녀의 깊은 애정과 나아가 이 가게가 그녀에게 얼마나 소중한 곳인지 느낄 수 있었다.

사장님은 두 아들을 키우시면서 취미로 하나둘 골동품을 모으셨다고 한다. 두 아들 모두 독립하고 나서 앞으로의 삶에 대해 고민하던 차에 그 동안 계속 꿈꿔왔던 엔틱샵을 꾸리기로 결심하셨다고 했다. 시장 한켠 생뚱맞은 엔틱샵이지만 이따금씩 방문하는 엔틱 매니아들, 우연히 방문하는 호기심 많은 손님들이 그녀가 새로운 도전을 후회하지 않는 이유라고 한다.

가끔 나이와 상관없이 놀라움을 안겨주는 사람들이 있다. 예순이 넘은 엔틱샵 사장님의 식지 않는 도전 정신은 나를 부끄럽게 만들었다. 도전하기엔 너무 늦었다며 회피했던 나에게 인생의 부피를 늘려주는 용기를, 그리고 정답 없는 인생에 새로운 도전을 기쁘게 맞이하는 방법을 가르쳐 주셨다.

*

자아라는 것이 느껴지기 시작했을 때부터 보수적이고 고리타분한 환경이 마치 나를 꽉 쥐고 속박하는 것만 같았다. 특출나게 잘하는 것이 생기기만 하면, 여기로부터 벗어나 승승장구하리라고만 생각했다. 그러다 앞서 말한 사람들을 만나게 되었다. 이들을 만나지 않았다면 어땠을까 생각해 본 적이 있다. 어쩌면 주변 환경만 탓하다 도전하는 삶의 동경을 몰랐을지도 모르겠다. 이제는 예측 가능한 안전지대에서는 무언가를 이룰 수없다는 것을 깨달았다. 완벽하지 않아도 실패의 위험, 불확실성의 늪을 맞이할 용기가 앞으로의 내 삶에 가득 찰 것이다.

삶이란 매일 크고 작은 도전을 마주하며 때로는 기뻐하고 때로는 위축되는 희비를 오가는 과정이다. 나처럼 새로운 도전 앞에서 주저하고 있다면 위 이야기에서 용기를 얻기를 진심으로 소망한다. 또한 멋진 인생 이야기를 기꺼이 나누어 주신 분들께 깊은 감사의 마음을 전한다.

우 산

김소진

김소진

소망과 진리.
기본적으로 인류애 풀 충전해놓고 사는 사람.
누구신진 몰라도 당신이 좋아요...S2

링크드인: linkedin.com/in/flexiblekim

베이징에서 어학 연수를 할 때였다. 나는 학교 안에 있는 방 두 칸짜리 기숙사에 살았는데, 처음 1-2주간은 매일 밤 울었던 것 같다. 엄마가 걱정할까 봐 내색은 못 했지만, 당장이라도 집으로 돌아가고 싶어서 매일 비행기표를 검색했다.

교환학생 기간 동안 나는 엄연히 그 학교의 수업을 듣는 학생이었고, 도서관, 식당, 학교의 모든 곳을 합법적으로 출입할 수 있었지만, 그저 남의 집에 초대받은 느낌, 내가 그 학교 학생인 척하는 것 같다는 느낌을 지울 수 없었다. '들러리', 들러리 같았다. 내 학생증에는 날짜가 쓰여 있었다. 마치 우유의 유통기한처럼, "이 날짜까지만 여기 학생이에요"라는 듯이. 한 학기짜리 임시 재학생일 뿐이라는 생각 때문에 좋은 기회로 좋은 학교에 오게 되었는데도 한 번뿐인 교환학생 생활을 온전히 누리는데 집중하지 못 했다. 괜히 눈치가 보였다.

도저히 참을 수 없어 나는 베이징 오도구(五道口)라는 지역의 한인 교회에 등록했다. 아무도 날 찾지 않는다는 사실을 견디기가 힘들었고(사실은 미치기 직전이었고), 나와 시간을 보내주고 나에게 열렬한 지지를 보내줄 공동체가 필요했다. 한국에서의 나는 어딜 가도 빠지지 않는 아이, 속한 모든 그룹에서 반드시 리더를 맡는 아이, 학교나 교회 여기저기를 들쑤시며 사람들을 우르르 몰고 다니는 아이였다.

그러나 이곳에서는 철저히 혼자였다. 너무나 이방인이었다. 내가 중심이 되지 않는 세상은 생각해 본 적도 경험해 본 적도 없었기에 받아들이기 힘들었다.

한인 교회 대학부에서는 '캠퍼스 모임'이라는 이름으로 같은 학교에 다니는 친구들을 소그룹으로 묶어 주고 일주일에 한 번씩 만나 교제를 하게 해주었다. 나는 소속에 따라 북경대학교 캠퍼스 모임에 들어가게 되었고, 거기서 그 그룹의 리더인 '현재'를 만났다.

현재는 나보다 4살 많은 언니였는데, 화사하게 웃으며 캠퍼스 모임에 온 모든 사람들을 환영해 주었다. 낯가림이라는 단어와 대척점에 있을 것 같은 사람이었다. 처음 보는 사람에게 친근하게 다가가며 캠퍼스 모임에 대해 소개해 주었다. 새로운 얼굴인 나도 당연히 그녀의 케어의 대상이었다. 나와 만난 지 불과 3일째에, 그녀는 나에게 새벽 드라이브를 가자고 했다. MBTI 외향적 요소(E)가 90%에 육박하는 나에게도 꽤 당혹스러운 제안이었다. 하지만, 즉흥적인 것을 좋아하는 나는 그러자고 했다. 약속을 하고 나서도, 그녀가 무리한 시도였다며 그 제안을 언제든지 철회할 수 있다고 생각하고 크게 신경 쓰지 않았다. 하지만 다음날, 그녀는 약속대로 오토바이를 끌고 새벽 4시에 내 기숙사 앞으로 날 데리러 왔다.

현재와 나 사이에는 이런 유사한 에피소드가 계속해서 생성되었다. 그곳의 지리나 문화에 대해 빠삭한 현재는 미지의 세계에서 쭈뼛거리고 있는 나를 확 끌어당겨 여기저기 데리고 다니며 내 혼을 쏙 빼놓았다. 그곳에서 4년 내내 대학을 다닌 현재는 그녀가 알고 있는 거의 모든 사람들에게 나를 소개했다. 분명 친구가 한 명도 없던 내가, 새로 사귄 한 명의 친구 덕분에 그곳의 친구들을 백 명쯤 사귀게 되었다. 나는 그녀를 안 지 단 몇 주 만에 북경에 완벽히 적응해 버렸다.

단순히 친구를 사귀고 맛집이나 명소를 소개해 준 것 이외에도, 내가 중국 생활에 만족하며 더 있고 싶어 하자, 그녀는 내게 학교의 다양한 어학당 프로그램을 안내해 주며, 내가 다음 학기에 기간을 연장해서 공부를 할 수 있도록 도와주었다. 그렇게 그녀의 도움으로 한 학기 교환학생을 지내고 귀국할 계획이었던 내가, 그녀가 준 고급 정보들 덕분에 그곳에 1년을 꼬박 머무르게 되었다.

이처럼 현재는 나에게 많은 도움과 영향을 준 사람이었다. 다만 그녀에게도 작은 단점이 있었는데, 그녀의 무한한 애정은 그녀에게 '선택 받은' 사람들만 누릴 수 있는 호사였다는 것을 알게 되었다. 현재가 소개해 준 친구 중 지혜라는 여학생이 있었다. 지혜와 현재, 나. 우리 셋은 같은 캠퍼스 모임에 출석하고 있었는데, 지혜는 내가 봐도 현재와는 다소 결이 다른 친구였다. 화법이나 성격, 관심사, 가치 등 둘은 스타일이 맞지 않았다. 그렇다. 내가 현재와 급속도로 친해질 수 있었던 것은, 그녀가 성모 마리아와 같이 자비해서가 아니라, 현재와 내가 결이 비슷했기 때문에 운 좋게 그녀의 특별한 그룹에 들 수 있었던 것이었다. (물론 현재는 아주 친절하고 좋은 사람이다.)

어느 날 지혜가 현재에게 말했다. "언니는 훌륭한 리더십을 가지고 있어. 아주 본받을 만하지. 다만 언니의 리더십은 마치 비 오는 날 우산 같아서, 언니의 우산 안에 있는 사람들은 옷이 조금도 젖지 않은 채 안전하게 비를 피할 수 있지만, 언니의 우산 밖에 있는 사람들은 그 보호를 받지 못 해. 비를 고스란히 맞고 있어."라고 이야기했다. 그 이야기를 내가 어떻게 알았냐 하면, 지혜가 본인에게 그렇게 이야기를 하더라고 현재가 나에게 전해주었다.

솔직히 매우 충격을 받았다. 그 우산 안에 있던 사람으로서 지혜의 비유 자체가 너무나 정확했고 잘 와 닿았다. 잘 와 닿았다는 것에서 나도 공범이구나, 나도 아예 모르지 않았고, 나는 그 혜택을 누리는 사람이었기 때문에 묵인했을 뿐이구나, 생각했다. 그리고 지혜의 통찰력이 놀라웠다. 어쩌면 본인에게 흠이 될 수도 있는 이야기를 나에게 털어놔 준 현재도 대단했다. 나였다면 대외적으로 좋은 이미지를 유지하는 편을 택하고 내 단점이 될 수 있는 얘길 굳이 안 했을 것 같다.

지혜와 현재의 대화를 계기로, 나 역시도 허울 좋은 우산을 쓰고 다른 사람들에게 내 우산을 쉬이 내어주지 않는 사람은 아닌지 생각해 보게 되었다. 아니나 다를까, 내 우산(리더십)은 현재의 우산(리더십)에 비해 크기가 작았을 뿐, 나의 우산에 들어오고 싶어 했지만 내가 허락하지 않았던 수많은 사람들의 얼굴이 떠올랐다. 그러면서 내가 내 자신을 리더십이 있는 아이라고 생각하고 우쭐댔던 것이 부끄러웠다.

상대적으로 나와 현재는 밝고 당찬 성격 덕분에 어딜 가든 환영받고 존재감 있는 사람으로 살아왔기 때문에, 반대 편에 있는 사람들의 입장이나 마음을 이해할 필요도, 그들을 초대해야겠다는 생각을 해본 적도 없었던 것이다.

현재와 나는 분명 친화력과 사람들을 이끄는 능력이 출중했다. 하지만 우리에게는 관계에 있어 영역을 설정하려 하는 이기적인 모습이 있어서, 우산 안과 밖을 차별을 두었다. 그렇기 때문에 다소 불공평한 면이 있었다. 우리의 이기심은 때로 우산 밖의 다른 사람들을 외롭게, 더 춥게 만들었을 것이 분명하다. 이런 내 모습이 싫었고 변화하고 싶었다. 우산의 크기를 무한대로 늘려 그들에게 이리 와 함께 비를 피하자고 권하거나, 그게 어렵다면 우산을 아예 접어버리고 다

같이 웃으며 비를 맞는 편으로 가야겠다고 마음속으로 자주 다짐했다.

　슬프게도 이 글을 쓰는 지금까지도 여전히 나에게는 나와 내 그룹을 우선시하는 경향이 남아있다. 좋은 걸 얻었을 때 즉시 그것을 나누기보다는 침묵하거나 비밀스럽게 나만 누리고 싶어 하기도 한다. 하지만 내 안에 많은 사람임을 진정으로 포용하는 것이 진짜 멋진 것이고 내게는 최고의 목적이자 가치라는 사실은 변하지 않았다. 그리고 여전히 나는 그런 방향성을 추구하며, 그것과 반대로 가고 싶은 욕망을 누르며 남은 삶 동안에도 포용하기 위해 씨름할 것이다.

　사실, 나는 내 세상에는 나만 있어도 충분하다고 생각해 왔다. 내 인생에서는 당연히 내가 드라마의 주연이고, 다른 사람들은 나를 빛내주는 조연이기 때문에 딱히 중요하지 않다고 여겨왔던 것 같다. 물론 나와 함께 해줘서 즐겁고 고맙지만 그들의 존재 가치는 나를 빛내주는 도구일 때 역할을 한다고 믿었다. 나 혼자만으로도 이미 완벽하고 충분하다는 생각에서 출발한 생각이었다.

　하지만 내 중국 이야기를 보다시피, 그 생각은 틀렸다. 살다 보면 항상 내가 자신 있고 유리한 상황에 있을 수 있는 것도 아닐뿐더러, 내 의도와 상관없이 완전히 낯선 환경에 놓여 꼼짝 없이 타인의 도움을 기다려야만 하는 무기력한 상황도 찾아오기 마련이다. 그리고 예상치 못하게 타인의 존재가 내 진로나 경로를 바꾸는데 아주 큰 역할을 하기도 하고, 그 사람으로부터 큰 영향을 받아 가치관이나 인생관을 설정하게 되기도 한다.

사람은 사회적 동물이라고 한다. 공동체를 이루고 싶어 몸부림치던 내 모습처럼, 우리에게는 서로의 존재가 필요하다. 누구에게나 그렇다. 지금 주위를 둘러보면, 누군가가 간절히 필요한 사람이 분명 있을 것이고, 내가 그 사람을 찾아가고 함께 함으로써 그 사람의 인생이 바뀔 수도 있다. 물론 그 사람으로 인해 내 인생도 바뀔 것이고 말이다.

이 글을 쓰면서 오랜만에 현재에게 연락해 물어봤다.

"지혜가 해준 우산 이야기 기억나?"

"응, 기억하지."

"우산 근황 어떤지 공유해 줄래?"

"아직 쓰고 있음. 근데 우산에서 파라솔로 변하긴 했어.

햄버거와 피자, 그리고 선택

김성영

김성영

1991년생. 본적 전라북도 완주군 이서면 은교리, 부안김씨 소윤공파 32대손.
법명 무상, 세례명 체칠리아, 영어명 아담.

한 번쯤 들어본 적 있는가? '인생은 탄생과 죽음 사이의 선택이다.' 이는 알파벳 BCD를 이용한 언어유희로, 한 때 인터넷 밈으로써 꽤나 회자되었다. 물론 잘 만들어 진문장이라는 요소가 이 문장의 유행에 한몫했다. 하지만 근본적으로는 모두가 선택이라는 것이 굉장히 중요하다고 인식하고 있기 때문에 밈에 대하여 쉽게 공감하지 않았을까? 이러한 현상에 관하여 나는 선택이 내 인생에 영향을 미친 과정을 생생하게 경험한 몇 가지 특별한 사건들을 기억한다. 이 경험들이 청자에게 어떠한 의미를 전달할지 감히 재단할 수는 없지만 부디 재미있게 들어주셨으면 한다.

때는 바야흐로 2005년. 한국에서는 아직 월드컵의 열기가 식지 않았고, 독도 문제로 일본과 다투던 시기의 뜨거운 여름이었다. 새천년이 시작되던 그 시기에 세계는 급격하게 변하고 있었는데, 인터넷을 통한 세계화와 국제 공동체가 주된 키워드로 떠오르며 모두가 새로운 세상을 꿈꾸고 있었다. 당시 학생이었던 나는 내 인생에서 특별한 전환점이 필요하다고 느꼈고, 그 방법으로 영국에서의 홈스테이를 선택하였다. 어찌 보면 한국에서 가장 멀고 이국적이며 영어를 사용하는 영국이 연수 장소로 선택된 것은 반쯤은 필연이었으리라. 그때만 해도 나는 지금보다 조금 더 젊고, 조금 더 활력이 넘쳤으며, 조금 더 열정적이었다. '일찍 일어나는 새가 벌레를 잡는다'는 말을 진리로 여겼으며, 가 보지 못한 길을 가고, 새로운 사람을 만나는 것을 주저하지 않았다. 그때 만났던 '영국의 왕자님은 아닌 왕자님'과 '신사모가 멋진 영국 귀족', '보드를 타던 건방진 꼬맹이'는 여전히 내 기억 속에 아름답게 인화되어 있다. 그러던 어느 날, 그 특별한 사건은 어떠한 징조도, 예고도 없이 찾아왔다.

그날은 영국치곤 날씨도 맑았으며, 검은 고양이가 내 주변을 돌아다니지도 않았고, 내 앞에서 화분이 깨지지도 않았다. 다만 나는 조금 곤란해하고 있었는데, 앞서 언급하였듯 열정이 넘쳐서 그날의 계획을 전부 소진하고 만 것이다. 그에 대한 해결 방법으로 여러 가지 선택이 떠올랐는데 결국 자유일정으로 돌아다니는 것, 집에 일찍 돌아가 어제 보던 '반지의 제왕'을 이어서 시청하는것, 그리고 다음 날의 계획을 하루 앞당기는 것, 이 세 가지로 좁혀지게 되었다. 당시의 나로선 꽤나 고민되는 선택이었기에 런던역에서 한참을 앉아 생각했지만 각 선택지의 시간을 고려하여 결국 세 번째 선택지를 고르게 되었다. 다음 날의 계획은 런던의 외곽을 방문하는 것이었기에 매표소에서 티켓을 사고 대기하는 중이었다. 그런데 갑자기 정말 맛있는 냄새가 풍겨오기 시작했다. 아주 기름진 햄버거의 냄새였는데 그때의 맥도날드 햄버거 냄새는 끔찍한 영국 음식에 지쳐있던 나에겐 정말이지 참을 수 없는 유혹이었다. 하지만 햄버거를 주문한다면 최소한 30분은 소요될 터인데 다음 지하철이 올 때까지는 단 10분의 시간만이 남아있을 뿐이었다. 선택의 시간이었고, 고민은 길지 않았다. 나는 결국 햄버거의 유혹을 이겨내지 못하였고 지하철을 놓쳐버리고 말았다. 그렇다면 이 이야기가 시사하는 바는 결국 무엇일까? 유혹을 이겨내지 못하여 아까운 차비를 낭비해버린 이야기? 다양한 유혹에 굴하지 않고 언제나 옳은 선택을 내려야 한다는 탈무드적 이야기? 아니다. 이 이야기에는 재미있는 반전이 존재한다.

정말 오랜만에 음식다운 음식을 먹었기에 햄버거에 집중하던 나는 런던역에 갑자기 경찰이 많아진 것을 깨달았다. 그 경찰들은 '과연 뛰어서 범인을 잡을 수 있을까?'라는 고민을 하게 만드는 체구를 가지고 있었는데 매우 심각한 분위기를 풍기고 있었다. 나는 호기심에 몇 가지 질문을 했는데 중학생의 앳된 외모를 가지고 있기에 다행히 경계를 사지 않고 친절한 답변을 들을 수 있었다. 경찰이 말하길 내가 타려던 지하철이 테러로 인해 폭발하여 현재 범인을 수색 중이라는 것이었다. 당시에는 해당 사건을 직접 내 눈으로 본 것이 아니었기에 그저 햄버거를 먹고 지하철을 이용할 수 없다는 사실에 풀이 죽어 있었지만, 곧 걸려 온 가족들의 전화를 통하여 사태의 심각성을 인지하기 시작했다. 내가 그 지하철을 탔다면 정말 죽을 수도 있었던 사건이었다는 것임을 말이다. 결국 나는 삶과 죽음의 경계에서 햄버거를 선택한 것이었고, 그 햄버거가 나의 목숨을 살린 것이다. 따라서 나는 여전히 쿼터 파운더 치즈버거를 사랑한다.

이번에는 남자라면 누구나 겪을 법한 이야기이다. 바로 군대에 관한 이야기인데 갓 대학에 들어간 당시 나는 마초이즘에 상당히 빠져있었다. 하여 남자라면 당연히 군대에 가야 한다고 생각했고 바로 자원입대에 지원하였다. 하지만 결과는 좋지 않았다. 졸업 후 폭음과 폭식이라는 신입생의 권리를 최대한도로 즐기고 있던지라 과체중으로 인하여 신체검사 4급 판정을 받고 만 것이다. 심지어 약 10kg 정도만 더 찌운다면 입대 면제도 가능할 정도로 체중이 심하게 나갔었다. 그때 당시의 시대적 상황과 사회적 시선으로도 면제라는 것은 방위와 다르게 상당한 메리트가 존재하는 선택지였다. 당시 나에게 10kg을 찌는 것은 누워서 피자 몇 판 먹으면 될 정도로 굉장히 쉬운 일이었음에도 불구하고, 사나이로 태어나 일구이언을 할 수 없었던 당시의 나는 체중감량에 돌입했다. 이윽고 피나는 노력 끝에 20kg 정도의 감량을 통하여 3급 판정을 받았고 소양강에서 친구, 가족들과 눈물의 이별 후 입대를 하게 되었다. 이번 이야기 역시 단순하게 끝나는 그런 이야기는 아니다. 노력을 하고 자신의 선택을 밀고 나가 성공하는 이야기는 너무 식상하지 않은가.

다시 이야기로 돌아가, 군 생활에 적응도 하고 자신감이 차오를 무렵인 상병 시절에 문제가 터져버리고 말았다. 내려놓지 못한 마초이즘에 입각해 언제나 선두에 서며 힘자랑을 즐기던 나는 동기들과 타이어 들기 내기를 하고 있었는데 무식하게 타이어를 들다 그만 허리 디스크가 터져버리고 만 것이었다. 그 후 남은 군 생활은 거의 누워서 했으며 전역 후에는 휴학을 통해 재활에 많은 시간을 소요하였고 심지어 4학년 때 디스크가 재발하여서 학점을 망치기도 했다. 이러한 일련의 사건들을 통하여 적어도 인생에서 2년 이상의 시간을 허비하였다. 나의 이런 이야기를 들으면 사람들은 하나같이 물어본다. 혹시 그 선택을 후회하진 않냐고. 내 대답은 언제나 같다. 후회하지 않는다고. 그것은 어떠한 외압도 강요도 없는 온전한 나의 선택이었고, 나는 나의 선택으로 이루어진 이러한 경험에 대해서 만족한다고. 적어도 술자리에서 자랑할 만한 무용담 하나는 건지지 않았느냐고. 따라서 나는 여전히 피자를 싫어한다.

요한복음 14:6 에 이러한 말이 나온다. '내가 곧 길이요'. 그 먼 옛날 한니발 바르카가 알프스산맥을 넘을 때 주변에서는 모두 만류했다. 심지어 만류하지 않은 자들은 그를 미치광이 취급했다. 처음 알프스에 도달했을 때 그는 오직 빽빽한 수목과 깎인 절벽을 마주했을 것이다. 추위를 견디고 식량이 떨어졌음에도 그 길을 걸어갔다. 결국 그는 알프스를 넘었고 그의 이름은 역사에 새겨졌다.

우리는 인생을 산다. 인생은 언제나 선택이다. 왼쪽과 오른쪽, 심지어 다시 돌아가는 곳에도 길이 있다. 그렇다면 그곳에 정답이 있는가? 과연 샛길을 가는 것이 오답인 것인가? 인생의 마침표는 죽음이다. 다시 말해 그 마침표에 도달하기 전까지는 모두 과정인 것이다. 우리의 삶은 정답과 오답을 풀이해야 하는 문제 풀이가 아니라 별을 찾길 위를 걷는 나그네의 여정에 가깝다고 생각한다. 당장의 구렁과 넝쿨에 상처를 입을지라도 그 구덩이 속에 큼지막한 금덩이가 있을 수도 있고, 넝쿨에서 아름다운 장미를 발견할 수 있을지도 모르는 일 아닌가. 실패를 두려워할 수도 있고 선택에 고통받을 지라도 우리는 여전히 여로 위에 서 있다. 새로운 선택의 기회는 언제나 열려 있으니 삶의 도중에 한 번쯤은 무지개가 비추는 날이 오리라. 끝까지 자신감을 갖고 발자국을 내디디면 우리 모두 언젠가 자신만의 별을 찾을 수 있게 될 것이다. 끝으로 그대의 앞날에 축복이 가득하길 빌며 글을 마친다.

후회 없는 선택

이규성

이규성

저를 나타내는 숫자는 96! 9와 6은 뒤집으면 다른 의미를 가지죠.
인생도 마찬가지예요. 어떻게 해석할지는 당신의 몫!
후회 없이 본인의 선택이 맞다는 것을 만들어가면 됩니다.
서로를 위한다면 우리의 삶은 진정하고 깊을 거예요!

인스타그램 @lgsok96

내 인생은 크게 두 개의 선택으로 나눌 수 있다. 첫째는 아이스하키, 둘째는 새로운 도전이다.

1. 아이스하키

초등학교 6학년 때 어머니의 반강제적인 권유로 아이스하키를 시작하게 되었다. 아이스하키를 하면 대학 진학이 비교적 쉽다는 이유에서였다. 그 당시 나의 친한 친구가 아이스하키를 하고 있어서 자연스럽게 관심이 가기도 했다. 하지만 4학년 때 스키캠프를 가는 버스 안에서 그 친구 허벅지가 시퍼렇게 멍이 든 걸 보고 충격을 받았다. 당시에는 체벌이 어느 정도 허용되는 시기였지만, 그렇게 심한 멍을 본 것은 처음이었다.

처음 링크장에 도착했을 때 감독님은 소문과는 다르게 친절하셨지만, 선수가 되자마자 강도 높은 훈련과 체벌이 시작되었다. 그로 인해 내 헬멧은 항상 찌그러져 있었다. 힘든 시간이었지만 나는 대학 진학을 위해 견뎠다. 대학생 형들의 경기를 보러 갔을 때, 수많은 관중 앞에서 치열하게 경기를 하고 환호하는 그 열기를 보며 '나도 저런 무대에서 경기를 하겠다'는 뚜렷한 목표가 생겼기 때문이다.

중학교, 고등학교에서도 강도 높은 훈련은 계속되었다. 학교 수업 후에는 지상 훈련과 아이스 훈련, 밤에는 개인 레슨으로 하루가 빽빽했다. 그래도 운동에 대한 자부심과 자신감도 늘어갔다. 고등학교 시절 나는 청소년 대표팀 경험을 쌓을 수 있었고, 내 목표에 가까워지고 있다고 생각했다.

하지만 고3, 대학 진학을 앞둔 무렵, 감독님께서 나를 따로 불러 내게 대학 진학에 마음을 비웠으면 좋겠다고 말씀하셨다. 실감이 나지 않았다. 믿고 싶지 않았다. 주어진 일에 최선을 다하면 목표를 이룰 줄 알았지만, 현실은 그렇지 않았다. 내가 목표로 삼았던 학교에는 비교적 실력이 떨어지는 친구들이 진학했고, 우리는 비리가 있을 것으로 생각했다. 대학에서는 팀 성적이 좋지 않다는 이유를 댔다. 부모님은 인생이 뜻대로 되지 않는 경우가 많다고, 실력만큼 운도 따라줘야 한다고 말씀하셨지만, 그때는 그 말이 와닿지 않았다. 부모님은 내게 운동 외적인 부분도 고민해 보라고 하셨다. 운동을 그만두면 어떻게 해야 할지, 깊이 생각해 보니 막막했다.

결국 나는 원하지 않는 대학에 진학했지만, 감독님도 나를 신뢰해 주셨고 선배들도 도와주어 쉽게 적응할 수 있었다. 그러나 첫 대회를 앞두고 연습 도중에 무릎 인대가 손상되어 출전하지 못했고, 이어서 20세 대표팀 선발도 되지 못했다. 그래도 졸업할 때까지 최선을 다하자는 마음가짐으로 운동에 임했다. 그렇게 4학년이 된 나는 주장을 맡게 되면서 팀에 대한 책임감과 부담감이 있었다. 리그 개막 후 우리 팀의 성적은 무난했지만, 나는 개인적으로 골을 기록하지 못해 자신감이 떨어지고 고민에 빠졌다. 가족들도 이 상황을 알고 있었고 함께 모여 고민을 나누며 울기도 했다. 마음을 나누고 나니 더 잘 해야 겠다는 다짐이 생겼고, 이후 득점을 하고 리그를 역대 최고 성적으로 마무리했다.

4학년 막바지에 졸업을 앞두고 프로팀에서 졸업생 위주로 공개 선발전 일정이 나왔다. 동기들 대부분은 하키에 대한 열정이 있어 모두 지원을 했고 나 역시 그랬다. 하지만 선발전과 시간이 겹쳐 하나를 선택해야 하는 상황이었다. 동기들 내에서 의견이 갈렸다. 반은 그래도 내 미래를 위해 프로팀 선발전에 나가는 게 맞다고 했고, 나머지 반은 마지막이 될 수 있는 경기를 뛰어야 한다고 했다. 결국 각자가 중요하다고 생각하는 곳에 투자를 했고, 팀의 주장이었던 나는 팀이 지면 다음 결승도 없기에 마지막 경기를 뛰기로 결정했다.

그날은 졸업식이었고 눈이 많이 내렸던 것으로 기억한다. 눈을 맞으며 동기들과 졸업을 축하했고, 우리는 각자 원하는 것을 얻기 위해 흩어졌다. 물론 마지막 결승전에는 모든 동기들이 경기에 참여했고, 인생에 있어 마지막 경기를 후회 없이 하자는 마음으로 임했다. 긴장보다는 다시는 찾아오지 않을 내 마지막 무대를 즐기자는 생각으로 팀원들과 열의를 다졌다.

상대는 이번 리그에서 우승을 차지한 팀이었고 쉽지 않은 경기였다. 경기 중반까지 1:0으로 지고 있는 상황에서 중앙에서 좋은 찬스를 만들어 동점을 만들었고 얼마 지나지 않아 역전까지 기록했다. 하지만 상대는 언제라도 동점 역전을 할 수 있는 팀이었기에 긴장을 늦추지 않았고 골키퍼가 마지막까지 잘 막아주었다. 우리는 종료까지 리드를 지켜내며 20여 년 만에 승리를 기록하고 우승을 차지했다. 승리 후 해냈다는 생각과 내 목표였던 멋진 졸업을 하게 되어 자랑스러웠다. 이 순간을 위해서 하키를 시작했다고 생각될 정도로 내겐 특별한 경험이었다.

그 후 두 명의 동기가 선발전을 통과해 프로팀에 입단했지만, 나는 떨어졌고 졸업 후 선수로서의 인생은 막을 내렸다. 좋은 시기가 지나고 나니 현실적으로 내가 할 수 있는 일이 많지 않았다. 대부분의 동기와 선배들은 하키 코치로 일했고, 나도 내가 잘할 수 있는 일부터 시작했다. 아이들에게 하키를 가르치고 유치원에서 체육 수업도 했지만, 미래를 생각할 때 내 모습은 여전히 하키 선수였기에 당시 하던 일들이 만족스럽지 않았다. 나는 체육 외에 다른 능력이 필요하다고 생각했다.

2. 새로운 도전

평소 아버지의 일을 관심 있게 지켜봤는데, 아버지께서 무역업에 종사하셔서 나도 자연스럽게 무역에 관심이 갔다. 우리나라의 큰 산업인 무역을 전문적으로 배워보고 싶어 대학원의 국제통상학과에 진학하게 되었다. 지도 교수님께서는 내가 주장으로서 이루었던 점과 새로운 분야에 도전하는 모습을 좋게 봐주셨다. 한 분야에서 성공해 본 경험이 있는 사람은 다른 일을 하더라도 성공할 가능성이 크다는 교수님의 말씀이 큰 힘이 되었고, 학문 외적인 부분에서도 조언과 격려를 아끼지 않으셨다.

첫 학기에는 교수님들과 함께 연구과제 프로젝트를 진행했다. 기본적인 엑셀과 문서 작업 능력이 부족했지만, 교수님들과 조교분들의 많은 도움과 조언을 받았고 프로젝트 기간 동안 행정 관리, 재무 등 다양한 경험을 할 수 있었다. 이후에도 조교 일과 학교 수업, 아이스하키 레슨 등 다양한 일을 병행하며 지냈다. 전혀 다른 분야를 선택하고 나서 이 길이 맞는지 고민했지만, 교수님께서는 "지금 고민하는 일을 해도 후회하고, 안 해도 후회할 거라면 해라."라는 말씀을 해 주셨다. 이 말을 듣는 순간 마음에 깊이 와닿았다. 이렇게 주변 사람들의 도움 덕분에 프로젝트와 대학원 과정을 잘 마칠 수 있었고, 그로 인해 무엇이든 할 수 있다는 자신감을 얻게 되었다.

전역 이후 아버지 일을 도와드리면서 무역 실무나 기본 지식이 부족하다고 느꼈다. 이에 무역 아카데미의 무역 마스터 과정을 통해 국제무역사 자격증도 취득하고 언어 능력도 발전시키고 있다. 진로에 대해 고민하던 와중 나에게는 새로운 선택지가 생겼다. 여자친구가 프랑스로 돌아가는데 나도 함께 가서 생활하는 것이다. 우리의 관계가 진지하기도 하고, 나도 언젠간 외국에서 생활하고 싶었기에 고민하고 있다. 올해가 지나면 프랑스에 가서 새로운 인생을 꾸리거나, 아니면 한국에서 무역 일을 하며 지낼지도 모른다. 어느 쪽을 선택하든 후회하지 않을 것이다.

누군가는 내가 평생을 쏟아부은 아이스하키에 대한 열정을 한순간에 접고 새로운 길을 택하는 것에 후회가 없냐고 묻겠지만, 나는 후회하지 않는다. 나는 내가 원하던 것을 이뤄봤고 또 다른 것에 100% 열정을 부을 수 있는 자신이 있다. 내가 가는 길, 내가 만들어 가는 길이 정답이기에 후회는 없다. 결국 본인 마음가짐에 달려있기 때문이다.

아버지의 한 마디

오수빈

오수빈

덤벼라, 이 각박한 세상아!

인스타그램 @subin1347

사람들은 자신이 발전하고 성공하는 방법을 알고 있다. 하지만 그것은 귀찮고, 자신을 불편하게 하며 엄청난 인내심을 요구한다. 왜 사람들은 동기부여 영상에 중독되고 성공한 사람들을 선망할까? 우리가 매스컴에서 쉽게 접할 수 있는 성공한 사람들은 대부분의 사람이 갖지 못한 것을 가졌기 때문일 것이다. 우리는 그들의 화려한 모습만 보고, 그들이 뒤에서 흘린 피나는 노력과 끈기를 보지 못하는 경우가 많다.

"주말이니까 내일부터 시작하자, 내일부터 다이어트 할 거니까 오늘은 맘껏 먹자." 이는 나를 포함하여 많은 사람들이 자주 하는 말일 것이다. 이런 핑계는 변화를 미루게 하고 꾸준함을 방해한다. 하지만 실천하기가 정말 어렵다. 매번 결심을 다지고도 일상에서 오는 작은 유혹들과 피곤함에 쉽게 무너지고 만다. 그런 이유로, 끊임없이 자기 자신과의 싸움을 이어가야 한다.

학창 시절, 유난히 몸이 좋아 친구들의 부러움을 사던 친구가 있었다. 나는 그에게 비결을 물었고, 친구는 당연하다는 듯이 "운동해." 라고 말했다. 그는 많은 이들이 운동 대신 운동 방법과 식단을 찾느라 시간을 보내지만 정작 해야 할 운동은 하지 않는다고 했다. 그의 말은 마치 몸 좋은 사람을 부러워만 하면서 침대에 누워 헬스 유튜브와 닭가슴살만 검색하는 나를 겨냥하는 것 같았다.

사실 나는 그 친구가 특별한 비결을 가지고 있을 거라 생각했다. 하지만 그의 비결은 단지 실행과 꾸준함이었다. 내가 나태하게 지내는 동안 그는 매일 운동을 빠뜨리지 않았고, 꾸준히 시간을 투자하면서 점점 더 좋은 몸을 갖게 되었다. 나는 그의 이야기를 들으며 한편으로는 부끄럽고, 다른 한편으로는 동기부여가 되었다. 하지만 늘 그렇듯, 그 당시의 의지는 오래가지 않았다. 며칠 동안은 그 친구를 본받아 매일 운동하려고 노력했지만, 시간이 지나면서 점점 핑계를 대기 시작했다. "오늘은 공부할 게 많아서 운동할 시간이 없어", "내일부터 다시 시작하지 뭐."라는 생각들이 나를 지배했다. 결국 나는 운동을 포기하고, 다시 게으른 생활로 돌아가고 말았다.

삶에서 일관성과 성실함을 유지하는 것이 얼마나 어려운지 깨닫게 되었지만, 진정으로 이를 실천하지 못했다. 지속적인 노력의 중요성을 알고 있었으면서도 실천에 옮기지 못한 나 자신에게 실망했다. 이렇게 쉽게 포기하는 나를 보며, 무엇이 나를 근본적으로 변화시킬 수 있을지 고민하게 되었다. 그러던 어느 날 아버지와 한 약속이 나를 바꾸어 놓았다.

인간은 언제나 죽음과 이별을 마주할 수밖에 없다. 할아버지가 위독하셨던 날, 아버지는 할아버지의 안식을 위해 납골당을 찾아다니며 적합한 장소를 찾고 계셨다. 그렇게 정신없는 하루가 지나던 중, 어머니의 휴대전화에서 벨소리가 울렸다. 삼촌의 전화였다. 삼촌은 다급한 목소리로 "너희 업장에서 큰불이 나고 있어!"라고 외쳤다. 아버지가 운영하시는 업장이 전선의 합선으로 인해 큰 화재가 발생한 것이었다. 그 소식을 들은 순간, 모두가 얼어붙은 듯했다. 아버지가 업장에서 키우던 얌전한 강아지 '깜돌이'가 불이 나기 일주일 전부터 이상하게도 난리를 치고, 결국 목줄을 풀고 도망친 일이 있었다. 마치 무언가를 예견하고 우리에게 말해주고 싶었던 것 같은 모습이 그제서야 떠올랐다. 그날 저녁은 정말 길게 느껴졌다.

수많은 소방대원의 도움으로 상황이 일단락된 후, 불에 타 앙상하게 뼈대만 남은 업장을 뒤로 한 채 우리는 할아버지의 장례를 치렀다. 할아버지의 삶을 기리며 가족들과 친구들이 모였고, 우리는 서로의 슬픔을 나누며 위로했다. 그리고 내 인생에서 처음으로 아버지의 눈물을 보았다. 아버지는 할아버지를 떠나보내는 슬픔과 더불어 힘들게 일군 업장을 잃은 상실감에 잠겨 있는 듯했다. 그 모습을 지켜보는 나 역시 생전 느껴보지 못한 감정들이 밀려왔다.

장례를 치르고 집으로 돌아오는 길, 아버지는 한참 동안 아무 말 없이 앞만 바라보며 운전하셨다. 그러다가 문득 나를 향해 고개를 돌리시며 말씀하셨다. "아빤 항상 무엇을 하든 1등이었고 앞으로도 그럴 테니 너도 열심히 노력하고, 매사에 최선을 다 해라."

그 순간, 나는 아버지가 어떤 무게를 견디고 계셨는지 깨닫게 되었다. 그리고 이런 어려운 상황에서도 나를 위해 노력해 주시는 아버지의 모습에 감동하였다. 잠시나마 준비하던 시험과 자격증을 포기하고 싶다고 생각한 내가 한없이 어리석게 느껴졌다. 그 한마디는 내 마음 깊은 곳에 큰 울림을 주었고, 나는 '앞으로 무엇이든 최선을 다 해야겠다'는 평범하지만 쉽게 실천하지 못했던 결심을 하게 되었다. 그날, 아버지의 말씀은 내 인생에 새로운 방향을 제시해 주었다.

그날 이후 나는 학생으로서 공부에 집중하기 시작했다. 힘들고 포기하고 싶은 순간마다 아버지의 말씀을 되뇌었고, 힘을 낼 수 있었다. 평소와는 달리 의심과 관찰보다는 계획과 실천을 택했고, 노력은 절대 배신하지 않는다는 말을 입증하듯, 자격증 취득과 수석 졸업이라는 성적표를 아버지께 보여드릴 수 있었다. 나 자신과의 싸움에서 이겨 얻은 그 달콤한 성취감을 비로소 맛보게 된 것이다.

이제 나는 더 이상 쉽게 포기하지 않는다. 성실함을 통해 얻은 성취감과 보람을 알기에 어떠한 어려움이 닥쳐도 꾸준히 노력하는 삶을 살고자 한다. 비록 부족한 '나'이지만 시작도 전에 "난 못 할 거야"라고 말하는 사람이 있다면 자신 있게 말하고 싶다. 이렇게 못난 나도 이룬 것들이 있다고, 그리고 자신의 노력으로 이룬 성취감이 얼마나 가치 있는 것인지 경험해 보라고.

물론 앞으로도 인생에서 많은 어려움을 만날 것이다. 과거의 나는 이를 두려워했지만, 지금은 오히려 어떻게 해결해 나갈지 기대된다. 이러한 과정이 나를 성장시키고 목표를 달성하는 길임을 알기 때문이다. 앞으로도 나는 현재에 안주하지 않고 계속 도전하며 목표를 향해 나아갈 것이다. 한 번뿐인 인생, 후회 없는 삶을 살고 싶다.

소중한 사람들이 채워준 소중한 순간들

박소진

박소진

소중한 사람과의 순간이 모여 인생을 채워간다고 믿는 사람.
이걸 읽고 '내 얘기인가?'싶다면 당신이 맞을 거예요 :)
제 삶의 조각이 되어 주셔서 감사합니다. Thank you!

인스타그램 @sjnee_ee

친구들은 우리가 인생을 살아가며 선택하는 또 다른 가족입니다. 그들은 우리의 성공과 어려움의 순간을 함께 나누고, 힘든 시기에 격려해 주며, 우리가 진정으로 누구인지 깨닫게 도와줍니다. 기쁨과 슬픔을 공유하고 끊임없이 응원해 주는 친구들과의 우정은 우리 삶의 본질을 풍요롭게 하는 유대감을 더해줍니다.

여기에 제가 소중히 여기는 우정에 대한 몇 가지 생각을 소개합니다.

우정이란,

별 말이 없어도 자연스러운 사이

표정만 봐도 '아하' 하는 사이

어린애마냥 철없어지는 사이

가끔씩 서로의 소울푸드를 먼저 제안하는 사이

곧 없어질 단골 메뉴를 마지막으로 먹으며
함께 아쉬워할 수 있는 사이

행복과 불안이 공존하는 사이

넌 나고 난 너인 듯한 사이

말로 설명하기 힘든 케미가 있는 사이

가까워진 이유가 별것 없는 사이

다 없어도 얘만 있으면 되겠다고 느끼는 사이

못난 나도 괜찮다고 느끼는 사이

이별하고 우는 거 듣키기 싫어서
냅다 마스크로 얼굴 가려도 이해하는 사이

내가 더 나은 사람이 되고 싶게 하는 사이

"오늘 뭐 해?" "한잔 할까?"라는 대화가 자연스러운 사이

그냥 앞으로도 이렇게 함께 할 것 같은 사이

내 친구라서 안 하던 것도 해주게 되는 사이

20살 때 처음 떠난 부산 여행으로
10년 뒤에도 같이 곱씹을 수 있는 사이

설사 꿈에서라도 없어지면 숨 막힐 듯 슬플 것 같은 사이

사과가 필요 없는 사이

우리의 소중한 기억으로 아름답게 만들어진 선물.

나만의 행복 찾기

김민희

김민희

나를 이루는 것들:
오히려 좋아, 어쩌라고, 굳이, 빵 그리고 콩국수

인스타그램 @meenee_mong

제 인생에서 가장 중요한 가치는 행복입니다. 어느 순간 사람들은 대화를 통해 서로의 감정을 공유한다는 것을 느꼈고, '그렇다면 나는 사람들에게 행복과 같이 긍정적인 영향을 끼치는 사람이 되고 싶다' 라는 생각을 하게 되었습니다. '어떤 방법이 있을까' 고민하던 중, 긍정적인 영향을 끼치기 위해서는 나 자신의 행복이 우선되어야 한다는 사실을 깨달았습니다. 오랜 시간에 걸쳐 찾아낸 저의 행복해지는 방법은 '행복을 느끼는 나만의 기준 맞추기'였습니다.

학창 시절의 저는 이렇게 타인을 신경 쓰지도, 긍정적인 성격을 가지고 있지도 않았습니다. 오히려 이런 글을 쓸 거라고는 생각 못할 정반대의 무뚝뚝하고 차가운 성격에 가까웠습니다. 성격을 바꿔보자 한 것에 큰 계기는 없었지만, 문득 '이렇게 사람들은 서로의 감정을 공유하는구나, 그렇다면 내 사소한 감정도 주변 사람들에게 공유되겠구나'를 깨닫게 되었습니다.

변화의 방법을 찾던 저는 가장 가까운 가족에게서 해결책을 찾았습니다. 부모님은 항상 각자의 방식으로 표현을 아끼지 않던 분들이셨습니다. 어머니는 "민희~ 오늘 하루도 건강하고 보내줘서 고마워", "나에게 힘을 주는 우리 민희, 고마워잉", "난 참 행복한 결과를 민희, 성윤이로 받고 있는 것 같아. 고마워 민희야~"와 같은 일상 속 표현을 자주 하셨고, 처음에는 뜬금없다고 생각했지만 시간이 지나면서 '이런 것에도 감사하고 행복할 수 있구나.'라는 생각을 하게 되었습니다. 아버지는 저를 항상 애칭으로 부르시며, 어릴 때는 출근 뽀뽀, 퇴근 뽀뽀를 잊지 않으시는 딸을 아끼는 아버지, 한국에서 흔히 말하는 '딸바보'라고 불리시는 분이었습니다. 어떨 땐 '왜 우리 아빠만 이러지?'라는 생각을 한 적도 있으나, 아버지의 내리사랑으로 크며 이런 형태의 행복도 세상에 존재한다는 것을 깨달았습니다.

　　하지만 원래 무뚝뚝했던 저에게는 사소한 것에서 행복을 찾는 것이 어색하고, 말로 직접 행복을 표현하는 것이 낯설었습니다. 처음에는 의식적으로 '오늘은 날씨가 좋아서 행복해!', '오늘 먹었던 빵이 정말 맛있어서 행복해!', '오늘 기분이 그냥 좋아서 행복해!'와 같이 사소한 것에서 행복을 느끼고 말로 표현하려고 노력했습니다. 이러한 노력은 어느새 저를 사소한 것에도 감사하고 행복을 느낄 줄 아는 '행복 기준'이 맞춰진 사람으로 변화시켰고, 말로 하는 행복 표현이 낯설지 않고 자연스럽게 이야기할 줄 아는 '행복 습관'을 가진 사람이 되었습니다.

　지금 와서 생각해 보면 어릴 때 의식적으로 이러한 습관 들이기를 잘했다고 생각합니다. 2024년 현재 20대 후반에 접어들면서 친구들과의 대화는 전보다 더 현실적이고 깊어졌으며, 긍정적이고 행복한 이야기는 줄어들었습니다. 20대 초반에는 차에 대한 이야기, 20대 중반에는 연애와 돈에 대한 이야기, 20대 후반인 지금은 결혼과 내집마련 같은 이야기를 많이 합니다. 이런 대화의 결론은 대부분 "어쩔 수 없지, 이게 현실이야. 그래도 뭐 어쩌겠어."라는 말로 끝나곤 했습니다. 제가 도움을 줄 수 있는 것이 많지 않았지만, 그래도 저는 친구들에게 스스로 행복할 수 있도록 용기를 주는 말을 자주 했습니다. 예를 들어, "해보지 않고 포기하지 말자. 우리, 해보자", "난 널 오래 봤고 잘 안다고 생각해. 넌 충분히 해낼 수 있는 사람이야. 내가 옆에서 응원하고 도움을 줄게", "너의 이런 점이 강점이라고 생각해. 그리고 그 가치는 돈으로 살 수 없어. 너 자신을 믿어보자. 나도 같이 믿어줄게"와 같이 말했습니다.

　이러한 제 행동에서 한가지 예상 못했던 부분이 있었습니다. 단지 상대방이 처한 상황을 응원해 주기 위해서 했던 말이 저에게도 영향을 미쳤다는 것입니다. 그 말을 들은 상대방을 진심으로 응원하게 되었고, 내 일처럼 도움을 주려 했고, 각자의 위치에서 버틸 수 있게 만들었습니다. 저 또한 누군가의 응원이 필요한 순간이 있었고, 도움이 필요했고, 버틸 이유를 만들어야 할 때가 있었으니까요.

저는 모든 것에는 총량의 법칙이 있다고 생각합니다. 하지만 행복에는 총량의 법칙이 없다고 생각합니다. 그냥 제가 없앴습니다. 행복은 스스로에게 주어지는 과제와 같은 것이 아니라, 느끼기 나름이니까요.

모두에게 그렇듯 살아가면서 좋은 일만 있을 수는 없다고 생각합니다. 하지만 제가 예상하지 못했던 부분에서 응원을 얻고 버팀의 이유를 만들었듯이, '내가 누군가에게 힘이 되어주었고, 기댈 수 있는 사람이었지'를 상기하며 살아가면 좋겠습니다. 저 또한 지금처럼, 주변 사람들에게 긍정적인 영향을 끼치며 행복을 나누고 '행복을 느끼는 나만의 기준'을 유지하며 살아가려고 합니다.

"왜?"와 동행하는 삶

장수영

장수영

네, 수영 못합니다. '수영 장'은 제 이름이에요.
즐거운 순간은 최대한 즐겁게,
어려운 순간은 질문하며 목표를 설정하는 삶을 추구합니다.

Richard_장수영_张洙荣
인스타그램 @richeart_jj

어려서부터 유학 생활을 했다. 초등학교 4학년, 우연히 좋은 기회를 얻어 캐나다에 2개월간 여름 캠프를 가게 되었다. 성격이 형성되는 어린 나이에 여름 캠프를 기점으로 정반대의 성격을 띠게 되었다. 그 전에 나는 고집이 고약한 초등학생에 불과했다. 하지만 캐나다에서는 부모님의 품에서 벗어나 남과 지내며 생존에 필요한 기술을 자연스레 익히게 되었다. 즉, 누군가의 '눈치'를 보게 된 것이다. 돌이켜보면 눈치는 나를 예쁨 받는 사람으로 이끌어 주었다.

5학년 때는 뉴질랜드에서 1년 6개월 동안 현지 홈스테이에서 생활했다. 아직도 첫날이 생생하게 떠오른다. 유학원 원장님의 안내를 받아 홈스테이에 도착했을 당시 홈스테이 부모님께서 정말 반갑게 맞이해 주셨다. 그들은 재정적으로 부족한 게 전혀 없었기에 나로서도 다양한 경험을 할 수 있었다. 보트를 타고 바다 한가운데에서 상어를 잡았던 날, 홈스테이 부모님이 매일 챙겨주신 정성스러운 도시락, 친할아버지 댁에 방문해 먹었던 할아버지표 특제 그레이비소스와 미디엄 레어 스테이크는 아직도 잊지 못할 기억이다. 홈스테이 부모님은 나를 자기 자식과 같은 선상에서 바라봐 주려고 많은 노력을 하셨다. 그 따뜻한 마음에 아직도 감사함을 느낀다.

한국에서 중학교 1학년이 되자 부모님께선 부상하는 중국 시장 속 경쟁력을 위해 중국어를 가르치고 싶어 하셨다. 이에 부모님 의지 반, 나의 의지 반을 안고 대련에 소재한 유학원에 가게 되었다. 부모님은 내가 어렸을 때부터 학구열은 있으셨지만, 절대 성적으로 나무란 적은 없으셨다. 그만큼 자율성을 추구하셨고 스스로 깨닫길 바라셨다. 유학 생활도 마찬가지였다. 그저 내가 조금 더 넓은 세상을 경험하길 바라셨고, 내 학업 성적은 부모님께 늘 후순위였다. 그래도 대련에서 1년 동안 약 6천 개의 단어를 암기하며 열심히 중국어를 배웠다. 그 뒤로 좋은 기회가 생겨 베이징 소재의 국제학교로 옮겼고, 4년 동안 영어와 중국어 수업을 병행하며 록밴드, 오케스트라, 축구, 계주 등의 액티비티에 참여하며 주도성을 발휘해 의미 있는 학창 시절을 보냈다.

이후에도 순탄할 것만 같았던 학창 시절의 막바지에 시련이 찾아왔다. 미국 대학 진학을 준비하려던 고2 무렵 집안 사정이 급격히 어려워졌다. 부모님은 내색하지 않으셨지만, 나는 느꼈다. '더 이상 유학 생활을 유지할 수 없을 것 같다'고. 왜인지는 모르겠지만 낙담하지 않았다. 오히려 있는 그대로 받아들였다. 이미 받은 것이 많았던 나였기에 부모님을 도와드릴 수 있다는 사실에 많은 의미를 부여했고, 또 그럴 수 있음에 뿌듯했다.

집안 사정은 생각보다 심각했다. 여기가 바닥인가 싶으면 또 다른 시련이 찾아왔고, 그 밑으로 계속 추락하는 듯했다. 귀국했을 당시, 학비 미납으로 예전 학교의 졸업장을 받을 수 없었기 때문에 고등학교 2학년에 진학할 수 없었다. 이에 중학교와 고등학교 검정고시를 치렀고, 밤낮으로 아르바이트를 하며 생활비를 보탰다. 지금 돌아보면 그저 부모님께 도움을 드리고 있다는 기분에 취해 현실에서 도피하고 있었던 것 같다. 본업인 공부는 구석에 미뤄두고 하루하루를 아르바이트를 하며 흘려보냈다. 만약 검정고시를 제대로 준비했더라면, 내 상황을 제대로 진단하고 행동했다면 목표했던 대학에서 공부할 수 있었겠다는 아쉬움이 있다. 당시 나는 '내 인생은 그래도 괜찮을 거야.'라며 막연히 낙천적으로만 생각했다.

대학교 진학 후 가정 형편은 부모님의 노력으로 조금씩 호전되고 있었다. 방학 때면 여전히 공장 아르바이트 등으로 가정에 보탰지만, 검정고시 준비 당시 아르바이트를 핑계로 최선보다는 최소한만 공부했던 것이 후회되었기에 대학교에서 전공 수업 만큼은 열심히 수강하여 A+, A 성적을 유지했다. 하지만 대학교를 졸업할 무렵 막상 사회로 진출하려니 두려움이 엄습했다. 해당 전공으로 미래가 그려지지 않았기 때문이다. 구체적인 계획을 세울 때까지 우선 중국어 특기를 살려 대학원에 진학했고, 세부 전공으로 '금융'을 선택했다. 금융 관련 일을 하면 부를 쌓을 수 있을 것 같다는 막연한 생각이 지배적이었다. 그러나 단편적인 고민과 선택 끝에 내게 남은 건 아무것도 없었다. 당시 나는 생소한 분야가 어렵게 느껴졌고, 배움의 노력과 인내를 극복하지 못했다. 결국 인기가 많고 비교적 접근이 쉬워 보였던 마케팅으로 세부 전공을 변경했는데, 여기에도 제대로 적응하지 못했다.

대학원 생활 속 나는 전공 변경을 하기 전에도 그 이후에도 여전히 스스로 돌아보는 시간을 갖지 않았고, '내 인생은 그래도 괜찮을 거야.'라며 무책임하게 행동했다. 무책임의 결과였을까? 나는 졸업을 하고 방향을 잃었다. 사실 여태 내 삶은 방향이 없었다. 나는 내 자신에게 '왜?'라는 질문을 던져본 적도 없었다. 지금 와서 생각해 보면 그런 질문을 떠올릴 마음의 여유조차 없던 삶에 익숙해져 있던 게 아닐까 싶다. 우연히 지인과의 대화로 '무역업'에 종사하겠다는 목표가 생겼을 때에도 여전히 '왜?'라는 질문은 없었다. '무역업에 종사하려면 문외한인 내가 무엇을 먼저 해야할까?'와 같이 '어떻게?'를 고민했고, 3개월 동안 관련 자격증을 공부해 통과했다.

당시 3개월은 단순히 공부만 한 시간은 아니었다. 그동안 내 자신에게 묻지 않았던, 아니, 물을 생각조차 하지 않았던 '왜?'에 대한 대답을 찾아가며 내 30살 인생을 돌아본 시간이기도 했다. 내가 무얼 하고 싶은지, 어떤 게 필요한지, 어떤 걸 해야 하는지 스스로에게 계속 물었다. 처음에는 답변이 잠깐 뚜렷했다가도 금방 희미해지기를 반복했다. 그래도 계속 질문했다. 이렇게 몇 개월을 반복하니 질문하는 것이 이전보다는 편해졌다. 지금은 내가 하는 것들에 대해 지속적으로 생각해 보고, 그 속에서 어떤 걸 배웠는지 생각하는 연습을 한다. 아직 많이 부족하다. 하지만 고뇌의 순간은 인생에서 필연적으로 거쳐야 하는 난관인 것 같다.

사람들은 모두 각자 자신만의 고충이 있다. 이에 대해 스스로 질문하고 답하다 보면 자신이 추구하는 길을 묵묵히 걸어가는 모습을 상상할 수 있다고 믿는다. 과거의 나는 뚜렷한 목표 없이 막연히 '잘될 거야.'라는 낙천적인 태도에 안주했고, 내 상황을 합리화하며 더 발전할 수 있는 기회를 놓치기도 했다. 이제는 어려움에 처했을 때에도 우선 현실을 직시하고, 나 자신과의 대화를 통해 목표를 설정한 뒤 좋은 생각을 하면서 목표를 향해 계속 나아가는 긍정적 태도와 관점을 추구한다. 이는 곧 어려운 상황을 타개할 수 있는 자신감으로 이어진다고 생각한다.

누구나 그냥 그런대로, 또 주어진 삶에서 표류할 수도 있다. 그러나 중요한 사실은 그렇게 살면서도 한 번씩 돌이켜보는 연습이 필요하다는 것이다. 나 역시 과거를 돌이켜봤을 때 나의 경험들이 재해석되는 신기한 경험을 했기 때문이다.

2년

김영언

김영언

같은 시간 또 다른 세상
이 책으로 널 만난건 참 행운이야.

이메일: happybuyer153@gmail.com

2년 동안 집에만 있었던 적이 있었어. 밖으로 나가지 않았고, 비디오 게임을 하거나 바보 같은 동영상을 보는 데에만 시간을 보냈지. 친구들과 가족들의 연락을 무시한 채, 문밖으로 나가지 않았어. 2년 동안 그 누구와 소통을 하지 않았지. 대체 어떤 계기였는지, 나는 왜 꽉 막힌 시간을 보냈는지에 대한 이야기가 있어.

어릴 적부터 난 할아버지와 가까웠어. 23살이 될 때까지 주말마다 할아버지를 만났지. 할아버지는 나와 형을 만나실 때 항상 정장이나 깔끔한 옷차림을 하시고 멋진 모습을 보여주려고 노력하셨어. 우리에겐 언제나 다정하고 따뜻하게 대해주셨지. 그래서 나도 늘 할아버지를 잘 따랐어. 그러나 안타깝게도 할아버지는 암 3기에 걸리게 되셨고, 많은 연세 때문에 치료가 불가능한 상태였기 때문에 수술 없이 가족들과 할아버지의 마지막을 지켜드리기로 했어.

할아버지는 거동이 불편하셨기 때문에 일상생활에 도움이 필요했어. 나는 할아버지를 도와드리기 위해 대학교를 휴학하고 걷기와 식사, 목욕 등 모든 것을 도와드렸어. 너무 힘들었지만, 할아버지께 못해 드린 미안한 마음이 할아버지 생각이 날 때마다 후회될 것 같았기 때문에 최선을 다했어.

할아버지와 시간을 보내는 동안 많은 이야기를 나눌 수 있어서 좋았어. 할아버지가 갖고 계시던 우리 가족에 대한 추억, 그리고 할아버지가 우리를 위해 어떻게 헌신하며 살아오셨는지에 대한 이야기를 들을 수 있었어. 나는 다시 그 시간으로 돌아가도 할아버지와 함께 시간을 보냈을 거야. 하지만 그 이후 할아버지의 건강이 악화되었고 결국 돌아가셨어. 할아버지의 장례식을 치르고 내 마음을 정리하는 데 시간이 필요했지. 하지만 하필 그때 내가 키우던 강아지도 하늘로 보내줬어.

내 가족들이 없어지는 것을 보고, 죽음을 바로 앞에서 마주하게 되면서 삶이 무의미하게 느껴졌어. 그래서 삶에 대해서 다시 생각해 봤어. 사람들은 왜 다들 열심히 사는지, 왜 치열하게 경쟁하고, 왜 그리 욕심을 가지고 사는지. 어차피 우리는 결국엔 죽게 되고 100년 뒤, 200년 뒤 그 누구도 우릴 기억하지 않을 시간이 올 텐데...

이러한 생각에 지배되어 아무것도 하기 싫어졌고, 모든 것이 무의미하다고 느끼고 무기력해졌어. 그래서 삶에 대한 공허함과 상실감을 느끼고, 하던 공부를 그만두고 집에 갇혀 2년의 시간을 보내게 됐어. 공부하지 않았고, 운동하지 않았어. 늦게 자고 늦게 일어났고, 내가 원하는 음식만 먹었고, 그저 시간을 때우기 위해 비디오 게임을 했어. 모든 걸 내가 하고 싶은 대로, 원하는 대로 했어. 하지만 난 행복하지 않았어.

그렇게 시간을 보내다 보니 문득 내가 왜 행복하지 않은 건지 깨달았어. 나는 책임감이 없었기 때문이야. 책임 없는 삶은 참으로 끔찍해. 규칙 없이 살다 보니 나 스스로를 방치하게 되고, 인생에 대한 공허함은 곧 비관주의로 바뀌게 되더라. 아무런 꿈도 없이 사는 내가 너무 싫었어. 어떤 사람을 볼 때 그 사람과 비교하며 "왜 나는 저렇게 될 수 없을까?", "왜 나는 이렇게 사는 걸까?"라는 생각이 많이 들었어. 그런 생각이 내 머릿속을 지배하고 있을 때쯤 가족들이 눈에 들어왔어.

사실 나는 선택을 할 수 있었지. 할아버지를 보내드린 아픔 가운데서 가족들에게 기댈 수 있는 버팀목이 되어주거나, 가족을 위해 좀 더 열심히 공부하고 실질적인 경험을 쌓거나, 괜찮은 직업을 가질 수 있었던 선택지가 있었던 것을 깨달았어. 무엇보다 결국 패배주의는 아무것도 도움이 되지 않는다는 것을.

그 이후 내 인생에 대해 반성을 하게 됐어. 모든 일에 책임지지 않고 그저 쉬운 길만 찾으며 도망치며 살아왔던 삶을, 항상 무언가에 도전하지 않고 모든 일에 부정적이고 핑계만 늘어놓았던 내 자신을.

모든 문제는 책임을 지지 않을수록 더욱 커진다고 생각해. 지금의 난 그때의 2년이란 시간을 메꾸기 위해 매일 일도 하고 공부하며 도전하고 살고 있어. 힘들 때도 있지만 무엇이라도 책임감을 가지고 임할 수 있음에 하루하루 감사하게 살아가고 있어. 또한 힘든 시간이 있었기 때문에 현재에 감사할 수 있다고 생각해.

우리는 완벽하게 살 순 없어. 항상 도전을 마주하고 때로는 실패해. 하지만 우리는 자신의 실패를 바로잡으려 노력할 수 있고, 그것에 책임을 질 수 있어. 중요한 건 자신을 개선하려고 노력하는 거야. 결과는 좋지 않더라도 시도는 해볼 수 있어. 그 과정이 무의미하지 않아. 하루하루 도전해 보는 거야.

만약 이걸 읽고 있는 네가 지금 힘든 시간을 보내고 있다면, 너에겐 분명 버텨낼 힘이 있다고 믿어.

9 Voices, 9 Values
(가치의 조각들: 아홉 작가의 이야기)

초판 1쇄 발행 2024년 8월 1일

지은이_ Yuna Seo, Sojin Kim, SungYong Kim, Gyuseong Lee, Subin Oh,
       Sojin Park, Minhee Kim, Suyoung Jang, YeongEon Kim
펴낸이_ 김동명
펴낸곳_ 도서출판 창조와 지식
엮은이_ Ludia Lee
인쇄처_ (주)북모아
출판등록번호_ 제2018-000027호
주소_ 서울특별시 강북구 덕릉로 144
전화_ 1644-1814
팩스_ 02-2275-8577

ISBN 979-11-6003-756-2
정가 16,000원

지식의 가치를 창조하는 도서출판 창조와 지식
www.mybookmake.com